レベル0の
無能探索者と
蔑まれても
実は世界最強です
～探索ランキング1位は謎の人～
2
著 御峰。
イラスト 竹花ノート

絶世の美少女と言っても過言ではない
三人の娘達がパジャマ姿で、
それぞれ大きなぬいぐるみを
抱きしめて小さな丸テーブルを囲む。
「しぃ姉？　お兄ちゃんの声、聞こえるの？」
「うん。聞こえるよ？
日向くんの心臓の音までちゃんと聞こえる～」

「詩乃ちゃんはいいなぁ……
私の力は迷惑な力ばかりで……」

私はひなたのためなら命など……
妹は――神威家の希望だ。絶対に守る。

俺は……詩乃のためなら
命だって投げ出しても構わない。

鈴木凜
《すずきりん》
Rin Suzuki
日向の一歳違いの妹。お兄ちゃん大好きっ子。日向と同じ高校を目指している。
藤井宏人
《ふじいひろと》
Hiroto Fujii
日向の初めての友達。魔道具屋を営む実家はお金持ち。だが、複雑な事情がありそう。

神威朱莉
Akari Kamui
《かむいあかり》
ひなたの姉で、誰よりも妹を大切に思っている。斗真を天敵と思っている。日本国大将。
神楽斗真
Touma Kagura
《かぐらとうま》
詩乃の兄で、妹を溺愛している。朱莉とはライバル関係にあるが、ひなたの父とは親しそうに接している。日本国大将。

CONTENTS

レベル0の無能探索者と蔑まれても実は世界最強です2 ～探索ランキング1位は謎の人～

レベル0の
無能探索者と
蔑まれても
実は世界最強です
～探索ランキング1位は謎の人～
2
著†御峰。
イラスト†竹花ノート

レベル0の無能探索者と蔑まれても実は世界最強です2
～探索ランキング1位は謎の人～

第1話　新しい可能性

ピーッ！

音が響くと同時に素早く左手を伸ばしてアラームを止める。

誠心《せいしん》高校に入学してダンジョンに入ったことで、たくさんのスキルを手に入れた。

おかげで短時間の睡眠でも熟睡できるようになったのは、きっといいことだと思う。

うん……！　体も軽くて痛むところもないし、違和感もないな。

いつも通り、壁に掛けておいた制服を着て部屋を出る。

扉を開いて廊下の奥を見ると、ちょうど同じタイミングで扉が開く部屋があった。

中から出てきたどこか女の子らしさを感じさせる男子の制服を着た姿が見える。

彼は俺に向かって微笑《ほほえ》みながら手を振ってきた。

「日向《ひなた》くん～おはよう！　同じタイミングだね」

「おはよう。藤井《ふじい》くんも早いんだな」

「もちろんだよ！　早く行かないと、朝食をいっぱい食べられないからね！」

「あはは……」

相変わらずというか、藤井《ふじい》くんは見た目に反して大食いだからな。

Cランクダンジョン3――通称C3で起きたイレギュラーから一週間。

あの出来事はここ数十年のイレギュラーでは断トツに大きな事件で、被害に遭った探索者数は最多人数を更新した。全世界で話題となり、今でもニュースで取り上げられて、連日何かの前触れではないかなどと論争を繰り広げている。

そして……その当事者の一人が藤井《ふじい》くんだ。

「うん？　僕の顔に何か付いてる？」

自分の顔をベタベタ触る藤井《ふじい》くん。

「ううん。何もないよ。さあ、食堂に急がないと藤井《ふじい》くんが好きな食べ物全部なくなるかも」

「それはいけない！　日向《ひなた》くん！　急ごう！」

唯一の友人に自然と嬉《うれ》し笑みがこぼれた。

食堂に入り、のんびりと朝ご飯を食べる。藤井《ふじい》くんは予想通り山盛りのご飯を食べ、それを眺めているだけで胃もたれしてしまいそうだ。

朝食を食べて教室に向かう。

「おはようございます」

玄関では一年生寮の寮母清野《せいの》さんが無表情で見送ってくれる。

入学前から入寮生の顔と名前を覚えるくらい優しさと責任感の強い方だ。

寮を出て教室に向かう間に、何人かの一年生の生徒とすれ違うが、誰もが俺をちらっと見て顔をしかめる。

「あいつが例の奴だよな？」

「たしかそのはずだぜ」

ひそひそ話が聞こえてくるくらいには、嫌われているのがわかる。

中学まで住んでいた恵蘭《えらん》町と似た雰囲気になってきた。あの頃も誰からも嫌われていたから。

廊下を通り二階の教室前で藤井《ふじい》くんと別れて、自分のクラスに入り席に座る。

昔のいじめのように机に落書きされたりしないのが唯一の救いか。それでもちらほらいるクラスメイト達からは冷たい視線が降り注ぐ。

壁際《かべぎわ》の自分の席に座って待っていると、窓の外、校門に美しい銀の姫様が空から降りてくる。

ふんわりと広がる銀色の長い髪に、周囲の生徒達の視線を集めるのは簡単なことだ。

俺はすぐにスキルを使用する。

スキル『絶氷融解《ぜつひょう》』。彼女が放ってしまう絶氷《ぜつひょう》を溶かすスキルだけど、常時使うことで漏れ出る絶氷《ぜつひょう》を間髪いれずに止めることができる。

むすっとしていた彼女の顔が一気に解《ほぐ》れて、こちらに向かって笑顔で手を上げる。

誰かに向いてるのではなく俺に向いている笑顔。

これがまた俺に刺すような視線を送られる原因を増幅させるものの一つだ。

彼女――ひなたが校舎の中に入ると、続いてもう一人の女子生徒が玄関に立つ。

綺麗《きれい》な黒髪をショートに揃《そろ》えて清潔感のあるその姿は、明るく前向きな性格の彼女にとても似合っている。もちろん、周りの男子生徒達の視線が集まるのは言うまでもない。

「ひ～な～た～く～ん！　お～は～よ～う～！」

あはは……。

これで返事をしないと膨れるので、急いで手を振って返す。そして、俺のもう一つのスキル『念話』を使って言葉を届ける。

【おはよう。詩乃《しの》】

にこっと笑った詩乃《しの》は、スキップに近い軽い足取りで校舎に入った。

続いてひなが教室の中に入ってくるが、みんなの視線がひなに向いて、彼女が俺の前の席に立つと今度は俺に降り注ぐ。もちろん――冷たい視線だが。

「ひなちゃん～日向《ひなた》くん～おはよう！」

「詩乃《しの》ちゃん～おはよう～」

「おはよう」

念話では詩乃《しの》にしか聞こえないから、ひなに声に出して返事をしながら、ひなの真似《まね》をして念話で伝えつつ、自分の声もそのまま念話で伝える。

これもだいぶ慣れてきて、今ではとっさに出るようになったほどだ。

「またお昼ね〜」

そう言いながら笑顔の彼女は離れて自分のクラスに向かう。

おそらく、彼女はお昼まで笑うことはないだろう。彼女が付けている耳栓は多くの人と彼女の間に大きな壁を作ってしまってるから。

「あんな冴《さ》えない奴《やつ》がどうして二人と仲いいんだか」

「なんか弱みでも握ってるんじゃね？」

「それしか考えられないよな」

最近、いろんなスキルを獲得したせいか聴力までもよくなってきた。ひそひそ話を全部拾ってしまう。

ダンジョンに潜るまではこんなことはなかったけど、慣れた……とはあまり言いたくないが、慣れるしかないよな。

ホームルームが始まり、担任の先生が教壇に立つ。

「以前にも伝えた通りダンジョン入場禁止の一週間だったが……残念ながら今週も入場禁止となった。これでゴールデンウイークが始まるまでは入場禁止となる。せっかくの機会だ。午後からダンジョンに入っていた生徒は特別教育プログラムにでも参加してみることをお勧めするぞ」

Ｃ３のイレギュラーによって、入場が許可されていた未成年者はもれなく禁止となった。

未成年者といっても高校生からなので、実質高校生の入場禁止ということになるが。

俺はありがたいことにひなや詩乃《しの》のおかげで毎日午後から特別カリキュラムを利用してダンジョンに行ってたが、先週は久しぶりに学校で授業を受けた。

元々勉強は嫌いではないけど……今はできればダンジョンに入りたいな……でもちゃんとこういうルールは守らないとね。

それからは何事もなく授業が始まり昼食時間となった。

俺達がいつも集まっている屋上に行く。開けた青空が気持ちよく、日差しは眩《まぶ》しいけど時おり吹く風が気持ちよくて俺は屋上が好きだ。

俺とひなが先に到着して、ひなはマジックバッグからレジャーシートと座卓を取り出しセットして、美味《おい》しそうな匂いがする弁当をたくさん出してくれた。

慣れてるのもあるけど鮮やかな手付きで、俺が手伝えるのはレジャーシートを広げるくらいしかない。重そうな座卓も片手でひょいっと取り出すひなに苦笑いがこぼれた。

屋上の扉が開いて詩乃《しの》が入ってくる。

「やっとお昼だ～」

すぐにだらける詩乃《しの》はひなの肩に頭を擦る。

続けてとまどった表情で扉から入ってこようとするが足が止まっている男子が見える。

「藤井《ふじい》くん〜やっほ〜」

「や、やあ！」

「どうしたの？　早くおいでよ〜」

「うん！」

おそるおそる屋上に入ってくる藤井《ふじい》くん。まだ慣れないようだ。

俺の隣に座った彼は目を輝かせて座卓の上を眺める。

「美味《うま》そう！」

「実際美味《おい》しいものな。ひなの弁当」

「お母さんも最近お弁当作りが楽しいみたいだよ。私も手伝いたいけど……」

そう言いながら肩を落とすひな。きっとその気持ちだけで十分だと思う。それに、彼女の優しさはきっと伝わってるはずだ。

「「「いただきます！」」」

みんなで手を合わせて弁当を食べる。

こんな幸せな日々が毎日続いてくれたらいいなと思いながら、涼しい風に吹かれて昼食を堪《たん》能《のう》した。

「そういえば、藤井《ふじい》くんの家って、ベルナース魔道具屋さんの家だったよね？」

「うん。そうだよ。お父さんの方がね」

そういや、ひなの神威《かむい》家も詩乃《しの》の神楽《かぐら》家も財閥だったよな。

財閥と呼ばれるくらいだから、家も大きい。それだけでも彼女達の家がお金持ちなのがわかる。

たしか藤井《ふじい》くんの家もお店を経営していると聞いていたけど、まさか財閥だったとは驚きだ。

「財閥ってお互いに顔合わせとかあるのか？」

「うん。あるよ～パーティーみたいなものはあるけど、幼い頃は参加してたんだけどね。こうなってからは……」

詩乃《しの》は自分のイヤホンの形をした耳栓を指差す。耳を塞がないと生活もままならないからな。

今では通常のイヤホンでもなく、魔石を使う魔道具としての耳栓を付けないと、聞こえる音を防ぎ切るのも難しいみたい。

「僕もあまり行かなかったかな？　お父さんの藤井《ふじい》家はそうだけど、僕の母の方は財閥とかではないからね。腹違いの兄さん達はよく行ってるみたいだけどね」

「兄弟たくさんだったよな？」

「うん！　兄が三人と姉が一人だよ～」

ひなが用意してくれた紅茶を飲みながら、ゆっくり時間を過ごす。

そういや、全員兄姉がいるよな。ひなにはお姉さんが、詩乃《しの》にはお兄さんが、藤井《ふじい》くんにはお兄さんとお姉さんか。

ふと妹のことを思い出した。

先週起きたイレギュラーもあって、俺の無事を伝えるために妹や母さんには連絡を取ってい
る。元々俺のわがままで二人に頼りたくなくて連絡を取ってなかった。

今では仲間もできて、ちゃんとダンジョンにも通えるくらいには強くなれたと思う。

これならもう頼りっぱなしにならず、心配をかけることもないだろう。

「日向《ひなた》くん？　どうしたの？」

ひなが不思議そうな表情で俺を見つめる。

「藤井《ふじい》くんの兄弟のことを聞いていたら妹のことを思い出してな」

「そういえば妹がいるって言ってたもんね」

「ああ。一つ下の妹で、少し詩乃《しの》に似てるかな」

「えっ？　私？」

意外そうに自分を指差して驚く詩乃《しの》。こういうところもどこか妹に似ている。詩乃《しの》と知り合
ったばかりの時にも妹に似てるなと思ったことは多々あった。

「悪い意味じゃないぞ？」

「それは知ってるわよ。日向《ひなた》くんが誰かを悪く言うなんて聞いたことないもの。日向《ひなた》くんの妹
ちゃんか〜会ってみたいな」

「うちの妹、可愛《かわい》いからな」

するとと三人ともポカーンとして俺を見つめる。

「ん？　みんなどうした？」

「なんというか……日向《ひなた》くんが誰かを可愛《かわい》いっていうのが珍しくて。妹ちゃんのことは話さないから意外だなって」

「そんなに話していなかったかな……そう言われるとそうかもしれないな。今は離れて暮らしているのもあるからな」

「連絡とかもあまり取らないようにしてるって言ってたよね？」

「ああ。妹に心配かけすぎると悪いし……」

「………それってさ。逆効果じゃないかな？」

「逆効果？」

「うん。たぶんだけど、連絡しない方が心配だと思うよ？　私は兄の心配なんて欠片《かけら》もしてないけど、日向《ひなた》くんの妹ちゃんって心配性ならなおさら心配してそう」

ひなと藤井《ふじい》くんもそれに同調するように頷《うなず》いた。

「イレギュラーの件で家族と連絡を取らないといけなかったから、それからまた連絡取るようになったし、週末には実家に戻るしな」

今週の授業が終われば、週末から十日間の連休が待っている。

家計のことを考えれば、往復料金がもったいないと思うところだが、母さんや妹に無言の圧力で帰ってくるように言われているし、俺としても久しぶりに実家に帰りたい。

それに、ひな達のおかげでダンジョンの素材でずいぶんと稼がせてもらった。

俺が二人にできることは能力を抑えてあげるくらいなのに、こんなにも貰《もら》ってばかりで何とかもっとたくさんお返ししたい。

ふと、ひなと詩乃《しの》が少し寂しそうな表情を浮かべているのに気付いた。

「そっか……そうよね。ゴールデンウイークは実家に戻るのが普通よね」

「詩乃《しの》とひなは実家暮らしだもんな。藤井《ふじい》くんも戻るのか？」

「ううん。仮に実家に戻るにしても、今の実家はイギリスにあるから」

「イギリス⁉」

藤井《ふじい》くんは苦笑いを浮かべて頷《うなず》いた。

「ベルナース魔道具屋の本社はイギリスだものね」

神威《かむい》家も神楽《かぐら》家も藤井《ふじい》家も凄《すご》いんだな……。

外国を身近なもののように話す詩乃《しの》、三人とも財閥の子女らしい表情だ。

「僕はゴールデンウイークはダンジョン漬けになるかな～」

「私もダンジョンかな～」

急にどんよりとした雰囲気になってしまった。

「そういえば、みんなは午後からどうするんだ？」

話題を変えた方がいいと思って、本来なら午後からダンジョンに入る予定だったのが、入場禁止になってしまったから行けなくなった話題を振ってみる。

先週は、それぞれで過ごすことにして学校が終わり、三人でひなの家を訪れていた。

藤井《ふじい》くんに関してはまだちゃんとパーティーを組めたわけではないので、みんなと話し合って、しっかり決めてから招待しようということになった。

「今週もそれぞれかな～？　日向《ひなた》くんはどうするの？」

「担任の先生が特別教育プログラムというのがあるって言ってたから、そこに行ってみようかなと。みんなは行かないのか？」

どうしてか三人の表情はあまり明るくない。

「ん……僕は遠慮しようかな」

「私もちょっと……」

「私は行ってもね～」

みんなあまり行きたがらないんだな。詩乃《しの》は……まあ、仕方ないけれど。

「そもそも僕は先輩達のパーティーでいろいろ学んでるから、今さら初心者の講習を受ける意味はあまりないんだ」

イレギュラーの時も一緒にパーティーを組んでいた先輩と一緒だったものな。

「そういえば、先輩達のパーティーを抜けてよかったのか？」

「抜けるというか、元々僕のヘルプに回ってくれてたからね。僕がいない方が先輩達としてもやりやすいと思う。先輩達はうちの魔道具屋と契約を交わした人達だから」

「契約……？」

「魔道具屋と専属契約をして、武器を宣伝する代わりに他の魔道具屋の武器を使わないという契約だよ。世界的に流行《はや》ってる契約の仕方で、ベルナース魔道具屋はかなりのシェアがあるんだ」

思っていたよりも藤井《ふじい》家って凄《すご》いんだな……。

「ということもあって、改めてパーティーよろしくお願いします！」

藤井《ふじい》くんは改まって頭を下げてきた。

C3の二層まで進んだ彼だったが、進行が遅くなっても構わないから同級生とパーティーを組みたいとのことで、俺にパーティーを組まないかと提案してきたのだ。

それをひな達に相談した結果、こうして一緒にお昼を食べる関係まで進んだ。本来なら仮パーティーでダンジョンに潜り、お互いに納得した状態でパーティーを組むのだが、イレギュラーによるダンジョン入場禁止のせいで遅れている。

まだ実力を見たわけではないけど、俺よりは強いと思うし問題ないと思う。

「日向《ひなた》くんは特別教育プログラムに参加する？」

「一応行ってみようかなと思う。まだパーティーのこと全然わかってないから」

「ふふっ。それがいいかもね。それにしてもSランク潜在能力を持つ二人と組んでいる日向《ひなた》くんが初心者講習会なんてな〜」

「偶然だよ。俺なんかと組んでくれる二人には感謝ばかりさ」

ちらっと見たひなと詩乃《しの》はキョトンとした表情で俺を見つめる。

お互いに顔を見合わせて溜息《ためいき》を吐《つ》く二人の息の合った仕草は、姉妹と言っても過言ではない。

姉妹だとしたら、詩乃《しの》の方が妹で、ひなの方が姉かな？

「そろそろお昼休みも終わりだね。戻ろうか」

「ああ」

藤井《ふじい》くんとは午後から別れることになる。俺は夕飯を神威《かむい》家で食べるから、寮で食べる藤井《ふじい》くんと会うのは明日の朝だ。

俺は三人を教室まで見送って、その足で体育館に向かった。


特別教育プログラムの会場には、大勢の生徒が集まっているが、大半が一年生で、上級生が運営を手伝っているようだ。

ステージの上には入学式でも紹介された生徒会のメンバーがちらほら見える。

本来ならひなもこの場にいないといけないのでは……？　と思いながらも、彼女の能力上仕方ないのかなと思う。

もしひなの冷気が出なかったら、今頃彼女は誰よりも率先してあの場に立っていた気がする。

自分ではまだ見たこともない凛々《りり》しいひなを想像しながら列に並んでると、一年生の中から俺をちらちらと見る目があった。

「おい……あいつって姫達の従者じゃん？」

「まじだ。あれか。俺達を嘲笑《あざわら》いに来たんじゃないか？」

「違いねぇな。どうせ毎日姫達によくしてもらってんだろう」

「ったく。羨ましいぜ」

彼らだけじゃなく、何人もが俺を邪《よこしま》な視線で見ているのがわかる。

いつの間にか……こんな風に見られるようになったんだな。地元に戻ったと錯覚するほどだ。

そんな中、プログラム開始の案内がなされて、各々《おのおの》の部門に分かれた。

『近接部門』『遠距離部門』『魔法部門』『ポーター部門』の計四つの部門である。

俺は普段なら『近接部門』になるのだろうけど、最近は魔物の解体や二人のサポートをしているので『ポーター部門』になると思う。

冷たい視線がちらほら注がれる中、『ポーター部門』に立つ。

この部門は戦闘系の部門ではないのもあり、みんな強そうには見えない。

「これからポーターについていろいろ教えるぞ。教えるのは基本的に二年生の先輩になるからな。それと冷やかしで来た奴《やつ》がいるなら、今すぐ帰っていいぞ」

それが誰に向けての言葉なのか、簡単にわかってしまう。ただ、俺は冷やかしに来たわけじゃなく、ちゃんと学びたいと思ってる。

「まあいい。では始めるぞ」

それからポーターという存在が探索にとってどれだけ重要なのかを教えてもらった。

ダンジョンでは魔物を倒すだけが全てではない。中には狩りだけで経験値を獲得してレベルを上げる人もいるというが、それでもポーターなしではすぐに限界が来る。

それにダンジョンから取れる素材は高く売れる。現に俺は何もしなくてもひなと詩乃《しの》が倒してくれた分だけでもあんなに高く売れて、今では信じられない額が貯《た》まった。

二人が強いからではあるけど、俺なんかでもそこそこ倒せて稼げるから、みんなはもっと稼げると思う。

となると、一人で全部やるよりはやはり分担の方が捗《はかど》るはずだ。

たまたま俺には『魔物解体』というスキルや『異空間収納』があるからいいものの、それがないと考えると結構手間だろうと思う。

それに似たことを、詩乃《しの》が言っていたしな。

その日から午前中は通常授業、午後からはポーター部門のプログラムに参加し続けた。

第2話　特別教育プログラム

特別教育プログラムも三日目。

すっかり馴染《なじ》んで、以前のように冷たい視線が一方的に向けられることはなくなった。

というのも、各部門で集まる場所が別々になったからだ。

俺達ポーター部門は、魔物が置かれた研究室のような場所に集まっている。そこにはまだ解体されていない魔物が、大きな解剖台に置かれている。

「では今日は解体実践をする！　すでに実体験がある生徒も多いだろうから、説明は簡単にさっそく各魔物の需要なポイントなどを説明していく！」

各解剖台に置かれている魔物が全部別種類だったのはそういう意味なんだな。

解体で魔物を見る時は『人型』『獣型』『異型』の三種類が存在していて、人型と獣型はわりと構造が似てるので取れる素材も大体似ている。

少し特殊な牙やら背中の角、毛の種類などに違いはあれど、大半が牙や爪が素材となる。

問題なのは異型であまりにも種類が多いので、事前に知識を入れることをお勧めされた。

素材の種類の検索の仕方をいろいろ教わったりしたが、結局のところ、俺には『魔物解体』というスキルがあるから、素材箇所を覚えたり、剝ぎ取り方を覚えても必要ない。

ただ、こういう知識があれば魔物の弱点とかもわかるし、逆に傷つけてはならないか所の理解にも繫《つな》がる。そういう情報をパーティーメンバー間で共有できるのもポーターの強みの一つだ。

魔物はみんなで見回した後、それぞれの班に分かれて実際の解体をする。

班はランダムで編成された。

一人の男子生徒が解体を始めて、手際《てぎわ》よく進めている。非常に慣れた手付きで、解体を始めたら目の色が少し変わってきたから、得意なところなのかもしれない。

一人一人順番で解体を進めて、最後に俺の番となった。

「どうぞ」

男子生徒は何の気兼ねもなく解体用ナイフを渡してくれた。

分厚く作られたナイフは、このまま武器としても使えそうである。

いつも『魔物解体』ばかりだから、実際の解体は初体験なのもあって、中々上手《うま》くいかない。

「ん～そこ、力入れすぎだよ。もう少し刃で剃《そ》る感じで切ってみて？」

じっと見ていた男子生徒がアドバイスをくれる。

「こうか？」

爪と継ぎ目を優しく切っていく。一度で切るのではなく、何度か刃を動かして切る。数回繰り返すと爪が綺麗《きれい》に取れた。

「手際《てぎわ》いいね。それなら大丈夫そう」

「ありがとう。アドバイス助かった」

「大したものじゃないさ。僕は斉藤陸《さいとうりく》」

「俺は鈴木日向《すずきひなた》だ。よろしく」

同じポーター部門だからか、彼以外の生徒もみんな優しい。いつもの冷たい視線を送る生徒は誰一人いない。

「君は戦闘に向いてそうな体付きだけど、ポーター志望なんだ？」

「パーティーメンバーが強くて、俺はサポート役になってるんだ。ポーターをしっかり勉強しておきたくて」

「あ〜そういうことか。確か……あの氷姫《こおりひめ》のところだよね？」

あはは……相変わらずひなの『氷姫《こおりひめ》』は有名なんだな。

「ああ。神威《かむい》さんのところだよ」

「凄《すご》いな。Sランク潜在能力の彼女がいたら、サポーターになっちゃうだろうな」

「彼女達のおかげでいろんなダンジョンを経験できて、とても助かってる。だから何か返したくてポーターの知識をもっと取り入れたい」

「うんうん。その情熱があれば十分やっていけそう！　どんどん体験するといいよ」

それから代わる代わる魔物の解体をしていく。ダンジョンでの解体はこんな安定した場所ではないからと、台の高さを調整したり、いろいろ面白い体験ができた。

できれば近くのダンジョンで実践したいんだが、入場禁止だしな………。

特別教育プログラムの時間が終わり、スキル『クリーン』を使用して体に染《し》みついた臭いを消す。魔物を直接解体するとこういう臭いの悩みなんかもあるものだ。

ポーターに女性がいない一番の理由は、臭いだというアンケート結果まであるようだ。

ホームルームのために一旦教室に戻る。

「おかえり～」

「た、ただいま」

いつもと変わらない「どうかしたの？」と可愛《かわい》らしく首を傾《かし》げるひなだが、今でも彼女が俺のパーティーメンバーなのが不思議だ。

美しいの一言に尽きる可憐《かれん》さを持ち、能力も最上級のSランク潜在能力。その中でも彼女の能力である『絶氷《ぜつひょう》』は名前の通り絶大な力を誇り、あらゆるモノを凍結しつくす。

そんな彼女から笑顔が向けられるのは、少しこそばゆいものを感じる。

「今日初実践だったよね？　どうだった？」

珍しく興味津々《きょうみしんしん》に聞いてくるひな。

「思っていたよりずっと大変だったかな？」

「ふふっ。私も頑張らないと！」

「いや、ひなは十分頑張ってくれてるから」

「そうかな？」

「ああ。いつもありがとうな」

彼女は天使のような笑みを浮かべた。

気のせいか……クラスメイト達からの刺さるような視線が一気に変わっていく。

周りをちらっと見ると、どの生徒もひなの笑顔に視線が向いていた。

《経験により、スキル『視線感知』を獲得しました。》

ん？　久しぶりにスキルを獲得したな。最近はダンジョンにも潜っていないし、今週も入場禁止で潜れないから獲得できるチャンスはないと思っていたが……。

ひなと話しているといつの間にかホームルームも終わった。

探索者を志すものならダンジョンに向かったりするので部活には入らないが、そうでない生徒は部活があり、楽しそうに話しながら向かうのが見える。

さっき獲得したスキルのおかげなのか、生徒達の視線が向く先まで感じ取ることができる。

自分に向いている視線を感知するだけのスキルじゃないようだ。

教室で少し待っていると、廊下から一人の女子生徒が教室に入ってくる。

掃除をしていた生徒達の視線が彼女に集まるのは言うまでもない。

「やっほ～」

「「おかえり」」

ふいにひなと声が被《かぶ》ったが、こういう時どうしてか詩乃《しの》に向かって「おかえり」と言ってしまう。

その日もダンジョンに入ることはなく、何も変わらない一日を送った。


翌日の午後の特別教育プログラム。

今日を含め残り二日となった。

やってきたのは初日と同じく体育館。そこには他の部門の生徒達も集まっていた。

「今日は全部門の合同練習になる。魔物はいないが、先輩が魔物の代わりを務める。ボス魔物を想定した長期戦を意識する戦い方をするぞ」

すでにパーティーを組んでいるメンバーはそのままで、その他の生徒は適当にパーティーを組んだ。

大半の生徒はすでにパーティーを組んでいるのもあり、慣れ親しんだような様子だ。

そんな中に、昨日手際《てぎわ》よく解体をしていた斉藤《さいとう》くんの姿も見える。

彼と一緒にいる生徒は三人とも木剣を持っているので近接部門だけのパーティーのようだ。

俺の方のメンバーは意外にもバランスよく近接二人、遠距離一人だ。

こう見ると魔法が使える生徒はかなり少ないのがわかる。

それぞれ分かれて魔物役の先輩と戦いが始まった。

先輩は程よくこちらのペースに合わせて攻撃をしてきて、それを受け止めると前衛があたふたする。

俺は後ろから集中して戦況を見極める。

味方の視線、相手の視線、どの動きがどうなるのか予測しながら、味方の疲労度も考える。

ポーターの役割は何も解体するだけではない。さらにいうなら荷物を運ぶことだけが役目でもない。パーティーの一員としてみんなで一緒に戦うのだ。

前衛二人のうち、一人が休憩に入ったタイミングでマジックバッグから飲み物を取り出して渡す。マジックバッグは、持ってる人、持っていない人がいるが、パーティーとして所有するケースが多い。

「どうやら足元が弱いみたい」

「足元……？」

「木剣を遠くから振り回すように攻撃していて、下半身に注意がいかないようにしてるんだ」

「…………」

少し納得いかなそうな男子生徒は「まあいっか」と半分呆《あき》れたように、俺から聞いたことを後衛と打ち合わせする。

俺は引き続き前衛が変わるタイミングを見計らう。

「今だ！」

俺の声に顔を歪《ゆが》めた前衛二人は、仕方なく前後を入れ替えた。

すぐに後衛の練習用の矢が先輩の足元に飛ぶ。

それに反応した先輩が大きく後ろに飛び跳ねて大きな隙が生まれた。

今なら――――届く。

味方の前衛もその反応に驚いて急いで追撃を試みる。

その勢いに驚いた先輩が急いで打ち返そうとするが、続けて後ろから足元に飛んでくる矢を避けられずに当たった。

「「当たった！」」

後ろで待機していたもう一人の前衛もタイミングを見計らって追撃を叩《たた》き込む。

「うわっ⁉」

前衛二人は重心を崩して転んだ先輩の喉元に木剣を突きつけた。

「参った！」

「「「勝った！」」」

四対一……ではあるものの、上級生にたとえ訓練でも勝てたことがとても嬉《うれ》しい。

実際他のパーティーを見ると、どのパーティーも先輩と悪戦苦闘している。

先輩が強いからではないはずだ。現に、ここにいる先輩達はまだ二年生で俺達より少し強いくらいで、明確な弱点がある。よく観察すればわかるはずだ。

何しろ、ひなのような圧倒的な力を発揮しているわけではないから。ちゃんと先輩達も手加減をした動きなので、攻略はわりと簡単に思える。

「お前すげぇじゃん！　よく先輩の弱点を見抜いたな！」

「最初はまじかよと思ったけど、意外と信じてみるもんだな！」

前衛の二人はハイテンションで俺の背中を優しく叩《たた》きながら嬉《うれ》しそうにする。

後衛の男子生徒も嬉《うれ》しそうに俺を見て頷《うなず》いてくれる。

ポーターとして補助をするだけでなく、こういう作戦立案もできるのはいい経験になった。

俺達が勝利の余韻に浸ってる時、後ろから怒鳴り声が聞こえる。

「おい！　さっさと水を出せよ！」

「う、うん！」

声の主は斉藤《さいとう》くんのパーティーメンバーの男だった。

その声が向いている先は、やはり斉藤《さいとう》くんだ。

リュックの中から急いで飲み物やタオルを出すと、強引に奪い取った男子生徒はがぶがぶ飲み干す。

ボトルを乱暴に斉藤《さいとう》くんに投げつけて、また魔物役の先輩に立ち向かう。

この四人は元からパーティーを組んでいたはずで、解体していた時の生き生きとした表情の斉藤《さいとう》くんは、どこか悲しそうに彼らを見守るだけだ。

もっとパーティーメンバーならこう――――とは思うけど、俺が言える立場なのだろうか？

俺は………ひなや詩乃《しの》がよくしてくれてるからいいが、それはあくまで恵まれた環境だ。

みんながみんなそうではないはずなのもわかっている。

それでも昨日生き生きと解体していた彼の様子が脳裏に浮かぶ。

今の彼はとても辛《つら》そうで、地元にいた頃の自分と重なって見える。

俺に何ができるかはわからないけど、気付いたら体が動いていた。

斉藤《さいとう》くんに向かって歩き出す。

その時――――俺の前をとある人が通り過ぎる。

「おっと、すまんな」

ボサボサ頭の中年男性で、あまりやる気のなさそうな先生だなと思っていた人だ。たしか近接部門の先生のはず。

通り過ぎるのかなと思ったら、目の前で止まり俺の進行を阻《はば》む。

「向こうのパーティーに口を出す気かい？」

「えっ……？　えっと……はい」

「ふう～ん。噂《うわさ》とは違って意外と正義感に溢《あふ》れているんだね～」

「……先生。どうして注意しないんですか？」

「注意？　何のことだい？」

「っ……」

見るからに蔑まれている様子なのに、どうして先生は止めようとしないのか。

「くっくっ。今の若者も捨てたもんじゃねぇじゃねぇか。うんうん。若いっていいね～」

「先生！」

「お～怖い怖い。そう怖い顔をするな」

そう言いながらくいっくいっと手で俺を呼んだ先生は、体育館の端っこに向かう。

できれば今すぐに斉藤《さいとう》くんの所に向かいたいのだが、仕方なく先生の後を追う。

「鈴木《すずき》日向《ひなた》くん。噂《うわさ》では『レベル０』とか何とか。それは本当か？」

「先生。俺のことじゃなくて」

「はいはい。そっちに座ってよく体育館を見渡してみな」

先生はそう言いながら床に座り横をトントンと手で叩《たた》く。

少しだけモヤモヤした気持ちのまま座って体育館を見渡す。

多くのパーティーが先輩と訓練を続けている。俺が参加したパーティーだけ勝っているので、先輩からいろいろアドバイスを貰《もら》っている。

「もしお前があのパーティーに文句を言ったとする。それで？　その後はどうするんだ？」

「どうするって……態度を改めてほしいだけです」

「ふう～ん。お前だって――荒井《あらい》凱《がい》とひと悶着《もんちゃく》あったんだろう？」

「っ……そ、それは……」

「それだって会話で解決できなかったんじゃないのか？　将来有望の彼が腕を骨折した理由は誰も知らないが……まあ、そのことを掘り下げたいとは思わないがそういうことだ。もしお前があのパーティーに何かを言ったとしても変わりなどしない。むしろ悪化するだけだ」

斉藤《さいとう》くんのところだけではない。いくつかのパーティーもポーターは荷物持ちでしかなくて、乱雑に扱われているのがわかる。

「もしお前が声を掛けたとする。それでパーティーが空中分解でもしたら、お前に彼の将来を約束できるのか？」

「その時は……」

「何故《なぜ》お前のような生徒がポーター部門にいるのかはわからないが、お前だってパーティーメンバーがいる。彼らの意向を無視してメンバーを増やすのはいい選択とは言えない。それも全て込みでさっきの判断は0点だな」

「………」

0点か………確かにそうかもしれないな。

俺はどこか自分が少し強くなったと思っていた。ダンジョンに入り、レベルは上がらないけどスキルを獲得して……でも生まれた時から決められた『レベル0』は変わらなかった。

もっと……強くなれば解決できるのだろうか？　俺に……何ができるのだろう？

その時、俺の肩をポンと叩《たた》いた先生はとある場所を指差した。

「そう落ち込むな。日向《ひなた》。お前にはまだまだ経験が足りなすぎる。パーティーというものがわかってない。それはお前だけじゃねぇ。ここにいる一年生全員だ。ほら、見てみろ。あそこのパーティーを」

そこにいたのは――――二年生のパーティーだ。

八人が集まって一年生を眺めながら話し合っていて、バインダーに何かを書き込んでる様子が見える。

その中には、強さからしてポーターと思われる先輩の姿もあった。当然のように話し合っているし、むしろ一番話している。

「それが本来のパーティーの姿なのさ。さっきお前がやったようにな」

ふと見た俺が組んでいたメンバーの顔は、とても晴れやかで先輩から何かのアドバイスを真剣に聞いていた。他のパーティーは多くがイライラしているか、どこか諦めた表情をしている。

「たった一つのパーティーだけが勝てた。相手に差はそれほどない。みんな手加減しているからな。差があったのは――ポーター。パーティーの指揮官であり、要《かなめ》でもある」

先生の言葉に俺のモヤモヤしていた気持ちが一気に和らいでいく。

体育館にいる生徒達、先輩達、先生達、全員の視線の動きがわかる。さらに視線だけじゃなく、それぞれの戦いへの温度差というのも伝わってくる。

多くのポーターは授業通りにサポートしつつ、戦いを常に見極めようとしている。あれだけ蔑まれていた斉藤《さいとう》くんも、戦いから目を離したりはしない。

「さっきどうして止めないかと聞いたな？」

「はい」

「探索者というのは、自分で道を切り開く者だ。だがそれだけではどうにもならないことだってある。だから仲間が大切なんだ。自分が信頼できる仲間。そんな仲間を探すこともまた探索者としての素質の一つだ。一年生の多くは戦闘力が高い探索者が立場上優位であると考える者も多い。それは間違いではないが、それだけでは越えられない壁もある。彼もまた自分をちゃんと認めてくれる仲間を探さなければならない」

「それなら先生達が斡旋《あっせん》してくれたらいいと思うんですが……」

「それではただ答えを教えるだけになってしまう。数学だって答えだけでなく公式にも採点が入るだろう？　これから長い人生、探索者としての人生、卒業して一人の探索者となった時、誰も面倒を見てはくれない。自分の足で歩き、自分の耳で聞き、自分の口で話し、自分の目で見る。それを今回の特別教育プログラムで学ぶのだ。まあ、心配しなくとも、二年生になる頃には残る奴《やつ》は残り、脱落する奴《やつ》は脱落する。ここに残った者は仲間を信じた者達だけだ」

確かに先輩達のパーティーはそれぞれを尊重して動いている。

しっかり意見を言い合って、後輩達の動きを判断してアドバイスを考えたりする。メンバーのどの部門も必要ない部門など存在しない。だからこそみんなお互いを信じ、お互いを助け、お互いのために動く。

それこそが、パーティーの本来の姿だと知ることができた。

俺とひなと詩乃《しの》……そこに藤井《ふじい》くんまで加わることになった。まだ俺達のパーティーもパーティーとしての形を成してないかもしれないけど、これからみんなで話し合って決めていけたらいいなと思う。

「一つ面白い話をしてやろう」

先生は小さく「くっくっくっ」と笑いながら話し始めた。

「いずれ難しいダンジョンやダンジョンの奥に進むと、ポーターがいるかいないかで明確な差が出てくる。外に出れば他のパーティーとの競争が始まる。そうなると威張るだけしかできない奴《やつ》はどんどん捨てられていく。いくら強くてもな」

「そんなことが……」

「実話だ。昔卒業した生徒の中に、才能はあるがポーターを軽んじた生徒がいたが、彼は正式な探索者になって一年後には姿を消した。ポーターのいないパーティーなんて、誰も入らないからな。当然の結果だ。毎年そういう生徒もいるが、それでは探索者優遇学校である誠心《せいしん》高校の名が廃《すた》れるからな。少しずつパーティーの形を教えていくつもりだ」

「そうだったんですね……勝手なことをしようとしてすみません」

「いや、中々できるものじゃない。お前のような生徒がいることに若者もまだまだ捨てたもんじゃないなと思ったのさ。これだけ実力主義の社会でも、誰かを助ける心を持つのは大事だからな。探索者は一人では生きていけないから」

一人では生きていけない……か。

ひなや詩乃《しの》くらい強ければ一人でもやっていけそうなんだがどうなのだろう？　いや、彼女達が期待してくれているのに、それに応える努力をしないでどうする。

パーティーメンバーだからこそ、俺には俺ができることを頑張ろう。メンバーに相談できることは相談するようにしよう。

それから訓練が終わり、先輩に勝った一年生パーティーは俺がいたパーティーのみだった。

学校から神威《かむい》家に向かう道。

俺の右側を詩乃《しの》、左側をひなが並んで歩く。

「日向《ひなた》くん。今日何かいいことでもあった？」

詩乃《しの》が目を丸くして少し視線の下から見上げる。

「そ、そんなに？」

ひなもひょっこりと覗《のぞ》いてくるが、そこまでわかりやすいのだろうか……。

「今日の特別教育プログラムは知らなかったことを知れたから。詩乃《しの》達とパーティーを組んでダンジョンに向かう日が楽しみだなと思って」

「そっか～でもダンジョンに入るのは再来週だね～」

「日向《ひなた》くんは帰省しちゃうもんね」

「そうだな」

「ふふっ。可愛《かわい》い妹さんが待っているのか～いいなぁ～！」

二人とも上はいるが下はいないんだったな。

今日も神威《かむい》家でゆっくりと時間を過ごす。

「そういや最近お爺《じい》さんの姿が見えないな？」

「いつもそんな感じだよ？　日向《ひなた》くんが来てくれるようになってからよく現れるくらいだもの」

広大な屋敷《やしき》に住んでいると家族と会えない日も普通になるのだろうか……？　家にいて、家族と顔を合わせない日がなかった俺にはよくわからない感覚だ。

いつも通り美味《おい》しい夕飯を食べていると、一緒に食べていたおばさんがいきなり話し始めた。

「日向《ひなた》くん。ゴールデンウイークは実家に帰省するんだったよね？」

「はい」

「となると……その間はひなたの食事が心配ね」

「お母さん⁉　わ、私は大丈夫だよ？」

焦《あせ》って首を横に振るひなの髪が左右に揺れる。

「うちのひなたの力を抑える能力って、たしか離れていても近くならよかったわよね？」

「そうですね。ある程度の範囲なら大丈夫です」

「例えばこの屋敷《やしき》内ならどこでも届くのかしら？」

「まだ屋敷《やしき》の広さを把握していないので難しいですが、ここから玄関まででもまだかなり余裕があります」

俺の持つ『絶氷融解《ぜつひょう》』というスキルは、指定した人物の絶氷《ぜつひょう》を融解するスキルではない。俺の周囲数十メートル以内の絶氷《ぜつひょう》を全て融解してくれる。常に発動させておけば、俺の周りに絶氷《ぜつひょう》が入った時に、勝手に溶けることになるし。絶氷《ぜつひょう》を感じ取ることもできる。

校舎の端と端だと難しいかもしれないけど、ある程度ならひなが見えてなくても『絶氷《ぜつひょう》融解』が届くはずだ。

「いいことを聞いたわ。日向《ひなた》くんに折り入って頼みがあるのだけれど……神威《かむい》家でできることなら何でもするので、ぜひ聞いてほしいわ」

「お母さん……？」

「えっと、そこまでしなくても、ひなはパーティーメンバーですから、俺にできることなら何でも協力しますよ」

「日向《ひなた》くん……」

「助かるわ！　ではさっそく今日からやってもらおうかしらね！」

俺はその頼みというものを甘く見ていた。

次の瞬間、おばさんから告げられた言葉に耳を疑ってしまったのだ。

新規獲得スキル

フェイト

- 愚者の仮面

アクティブスキル

- 周囲探索
- スキルリスト
- 魔物解体
- 異空間収納
- 絶氷融解
- 絶隠密
- 絶氷封印
- 魔物分析・弱
- 手加減
- 念話
- ポーカーフェイス
- 威嚇
- フロア探索
- クリーン

パッシブスキル

- 異物耐性
- 状態異常無効
- ダンジョン情報
- 体力回復・大
- 空腹耐性
- 暗視
- 速度上昇・超絶
- 持久力上昇
- トラップ発見
- トラップ無効
- 武術
- 緊急回避
- 威圧耐性
- 恐怖耐性
- 冷気耐性
- 凍結耐性
- 隠密探知
- 読心術耐性
- 排泄物分解
- 防御力上昇
- 睡眠効果増大
- 視覚感知

第3話　神威家のお願い

俺は今、神威《かむい》家のある部屋でポツンと一人待っている。

普段なら一人でいることも苦ではないし、神威《かむい》家に初めて来た日も一人で待つ時間もあった。

最近は詩乃《しの》もいて、ひなが着替えに部屋に戻った際にも一人でいる時間はほとんどなかった。

なのに、今日という日は一人でいるこの時間が――かなり辛《つら》い。

ソワソワしながらテーブルに置かれたお茶を何度も飲む。意識したくないのにどうしても意識してしまって喉が渇いてくる。

しばらく待っていると、外から物音が聞こえてきて二人が入ってきた。

「おまたせ～日向《ひなた》くん～」

「た、ただいま……」

猫みたいにニヤニヤと笑う詩乃《しの》と少し恥じらうひな。入ってすぐに優しいシャンプーの香りが部屋に広がっていく。

「おかえり」

「え、えっと……今日はありがとう」

「どういたしまして」

二人が行っていた場所は――風呂《ふろ》である。

何故《なぜ》風呂《ふろ》かというと、驚いたことにひなはここ五年間風呂《ふろ》に入れていなかったという。

風呂《ふろ》に入ってないというと汚いイメージがあるが、彼女の場合、絶氷《ぜつひょう》により常に全身の清潔が保たれてるし、本人も風呂《ふろ》には入れないけど部屋で体を拭いたりはしてたらしい。

もし風呂《ふろ》に入ったりしたら、温かさに抗えずに絶氷《ぜつひょう》を展開させてしまい、風呂《ふろ》場ごと凍らせてしまうという。

それもあって、『絶氷融解《ぜつひょう》』の力が見える範囲だけじゃなく、ある程度の範囲まで有効であることを知ったおばさんから頼まれた。

最初こそ何度も拒んだひなだけど、詩乃《しの》が一緒に風呂《ふろ》に入りたいと言い出して、二人一緒に風呂《ふろ》に入ってきたところだ。

「日向《ひなた》くんも入る？」

「っ⁉　い、いや、俺は自分の部屋で入るよ」

「え～ひなが入った浴槽だよ？」

「っ⁉」

顔が熱くなるのを感じる。ひなも顔を赤らめていて、それでより意識してしまう。

「それを言ったら詩乃《しの》ちゃんだって入ったんだから……」

「ふふっ。私は構わないよ～？　なんなら――明日は一緒に入る？」

「入らないよ！」

「え～年頃の男子なら喰《く》いつきそうなのになぁ」

俺が当然拒否するとわかっていながら、意地悪なことを言う詩乃《しの》はいたずらっぽく笑う。

彼女が誰に対しても分け隔てなく接する性格のおかげで、ひなも俺も助かってる部分が大きい。今日だって、ひなを説得したのは詩乃《しの》だ。

俺だけでここまでできたかというと、多分できなかったと思う。

タイミングを同じくして、おばさんもやってきた。

「ひなた。大丈夫だった？」

「お母さん。はい……」

「ふふっ。日向《ひなた》くん。ありがとう」

おばさんは俺に向かって深く頭を下げた。

「いえいえ。大したことじゃありませんから。だから頭を上げてください」

「助かるわ。これからも毎日お願いね～」

「は、はい……」

やっぱりそうなるよな……別に嫌じゃないし、本当に大したことじゃないけど、風呂上《ふろあ》がりのひなや詩乃《しの》を見るのが少しこそばゆい。

「詩乃《しの》ちゃんもありがとう」

「どういたしまして~明日からは私も着替えとか持ってくるようにします~」

「それは助かるわ。何か必要なものがあったら何でも言ってちょうだい！」

詩乃《しの》と話したおばさんは、今度は俺に向いて何やら真剣な表情を浮かべる。

そして、またもやとんでもないことを話した。

「それで日向《ひなた》くん。すぐで申し訳ないけど、次の頼みがあるの……ゴールデンウイークに帰省する時、うちのひなたも連れてってもらえないかしら」

「えっ⁉」

「お母さん⁉」

想像だにしなかった頼みに驚いていると、畳み掛けるようにおばさんが続けた。

「ひなたには少しでも普通の生活を送ってほしくて、この五年間私達ではどうしようもなかったわ。でも日向《ひなた》くんが近くにいればひなたも普通にご飯が食べられお風呂《ふろ》にも入れる。これほど嬉《うれ》しいことはないわ。せっかくのゴールデンウイーク。いつも屋敷《やしき》に籠もるしかできなかったから、旅行のつもりで行ってきたらいいんじゃないかしら」

「そうだとしても……皆さんとならまだしも、ひなを一人で連れていくのは……」

「私達が一緒に行きたいのはやまやまだけど、うちの人も忙しくて、私も事情があって屋敷《やしき》から遠くに離れたくないのよ。それに私達が一緒に行くと、日向《ひなた》くんのお母さんにも気を使わせてしまいそうだからね。だからうちのひなたと一緒に行ってくれないかしら」

困ってしまってどうしていいかわからないでいると、詩乃《しの》が手を上げる。

「旅行いいなあ～！　日向《ひなた》くん～それなら私も連れてってよ」

「詩乃《しの》まで⁉　ちょ、ちょっと待ってくれよ………そもそも二人とも男と一緒に旅行なんていいのか⁉」

すると二人はキョトンとした表情で顔を見合わせる。

「「だって、ね～」」

まるで姉妹のように息の合った話し方をする二人は、俺を見つめた。

「日向《ひなた》くんだからね」

「そうだね～」

「お、俺……？」

「一緒にパーティーも組んでるし、日向《ひなた》くんなら信頼できるからね。そうじゃないとパーティーも組まないよ？」

「そ、それはそうだけど……」

俺もひなと詩乃《しの》のことは信頼してる。ダンジョンでは背中を預ける仲間だからな。

ただ本当にいいのか不安になる。

「日向《ひなた》くん。うちのひなたをよろしくね。もし家が難しいなら、近くのホテルを取ってね？　ひなたにカードは持たせているから」

「ホテル⁉」

「もちろん部屋は別よ？　まだ同じ部屋はダメだからね？」

「も、もちろんです！」

詩乃《しの》は面白そうにずっとクスクスと笑っていて、時おり俺の脇腹をツンツンと指でつついた。

「迷惑をかけてしまうけど、くれぐれも寝る時もひなたから離れないようにしてね？」

それって『絶氷融解《ぜつひょう》』が届く範囲って意味だよな……？

そんな俺を見ながら、安心したようにつぶやいたおばさんの声が聞こえた。

「よかったわ……今のひなたが日向《ひなた》くんから離れて、もし力が暴走でもしたら……」

今のひな……？　それからは声が小さすぎて聞き取れなかった。

おばさんがどういう意味で言ったのかはわからないけど、何かの理由があり、それがひなのためになることは理解できた。いつかちゃんと聞けたらいいなと思う。

帰り道。

詩乃《しの》を家まで送る。

「はあ……詩乃《しの》？　ちゃんと両親の了解は取ってな？」

「わかった！　本当に私も連れてってくれるの？」

「ひな一人だと心細いだろうしな」

「ふふっ。私、お邪魔じゃない？」

「邪魔じゃないよ!!」

むしろ、詩乃《しの》にはぜひとも来てもらいたいくらいだ。

「ふふっ。日向《ひなた》くんの可愛《かわい》い妹ちゃんと会えるのか〜楽しみ！」

「もう決まったように話してるようだが……」

「いいのいいの。うちは放任主義だから。まあ、こういう力を持っていると、どうしてもね。両親も兄も理解しているから。ひなちゃんと旅してくるって言っても、問題ないと思う」

「そうか……まあ、あまり無理はしないようにな？」

「うん！　でも……無理してでも私も行きたいかな〜。また音のしない世界に一人で過ごしたくはないから」

詩乃《しの》は寂しそうな表情を浮かべて、空に浮かぶ月を見上げる。

まだ本格的な夏は始まっておらず、少しだけ風が冷たい。

「寒いっ〜！」

そう言いながら俺の右腕に抱きつく詩乃《しの》。

学校から帰る時はしないが、遊びに行った際にはよくこうしてくるようになった。

まだ慣れなくて、俺はぎこちない動きで歩くけど、それがまた詩乃《しの》には面白いらしくて、クスクスと笑ったりする。その姿はとても憎めない。

詩乃《しの》の体温を感じながら彼女の家に着き、見送ってから寮に戻った。


翌日。

いつもと変わらない一日を送り、特別教育プログラムは最後の日を迎えた。

昨日の戦いの反省点などを先輩達から告げられる。真剣に聞く一年生の中に、残念ながらそうでない一年生も多数いた。

中でも斉藤《さいとう》くんが参加していたパーティーメンバーの三人は非常にイラついており、何故《なぜ》か俺をチラッと見ては舌打ちをして、鋭い視線を飛ばしてくる。

「お前達にこれ以上教えることはないな。即席パーティーだったが一番連携ができててよかった。昨日伝えた部分を念頭に置いてこれからも探索者を目指してくれ」

「「「はいっ！」」」

昨日パーティーを組んだ三人は、すっかり先輩にいろいろ教わったようだ。俺は先生と一対一で話していたから先輩とは話せていない。先生から直接学んだと言うと、メンバーは羨ましがっていた。

どうやら三人はこれからパーティーを組むらしい。

俺がひな達とパーティーを組んでいるのは彼らも知っている素振りを見せていたからか、誘いの声はかからなかった。

まぁ……俺みたいなレベル0が誘われる気はしないが………もしひな達とパーティーを組んでいなかったら誘われる未来もあったのだろうか？

もし誘われたとしても、俺はひな達を優先する。断ることも想定していたけど、それがまた少し複雑な気持ちになったのは、今の俺が成長したからなのだろうか。

それはいいとして、ひなと詩乃《しの》と藤井《ふじい》くんとパーティーを組んでダンジョンに向かうのが楽しみだ。

それにしても強そうな一年生は全員苛立《いらだ》ちを浮かべていて、彼らよりはまだ弱いだろう一年生は先輩の言葉をしっかり聞いている。

俺もいい経験ができたし、新しく獲得したスキルの使い道も体験できてよかった。

どうなることかと思ったけど、参加してよかったと思う。

ただ一つだけ心残りがあるなら、同じポーター部門でよくしてくれた斉藤《さいとう》くん。彼は解体の時に目を輝かせて探索者を目指したいと言っていた。

それなのに、今のパーティーでは視線が下を向いているし、昨日の戦いではメンバーに一言も声を掛けていなかった。

知識も多く手際《てぎわ》もいい彼なら、俺よりもずっと素晴らしいポーターになると思う。それがパーティーによって力を活《い》かせられないのが悲しい。

ただ、先生が話した通り、それを俺が指摘しても結局は何も変わらない。どうか彼自身が変わりますようにと心で祈りながら、俺は体育館を後にした。

教室に戻ろうかと思ったけどまだ授業中だったのもあり、一度屋上に行った。

いつもは昼休みだから騒がしいが、授業中なのもあり静寂に包まれた校舎が見渡せる。

屋上のフェンスから見える高い場所からの景色に、入学してからあったいろんな出来事が思い出される。

ダンジョンに入ってからは激動の時間で、気が付けばひな達と仲良くなり、今では彼女達とパーティーメンバー。まさか実家にまで一緒に行くことになるとは……。

あまりにもいろんなことがありすぎて大事なことを忘れている気がする。

ふいに強い風が吹いて、目を腕で隠す。

その時、後ろに人の気配がして振り向くと――一人の女性が立っていた。

少しウェーブの掛かった長い髪を明るい茶色に染めており、眼鏡とスーツの彼女はどこか知的な雰囲気をかもし出していた。

初めて見る人で、何かの先生かな……？

「こ、こんにちは。特別教――」

彼女は右手を上げて俺の言葉を止める。

それから一言も話すことなく、じっと俺を見つめる。

「あ、あの……？」

また同じく右手を上げて俺を制止する。

数分間無言で俺の目を見続けた彼女は、結局何も話すことなくその場から去っていった。

一体誰だったんだろう……？

チャイムの音が鳴り、授業の終わりを告げたので教室に戻る。

教室に入ってすぐに笑顔で手を振ってくれるひな。

「次の授業は自習時間だって。どうやら一年全部そうみたい」

「明日から連休だからかな……？」

「うん。えっとね？　クラスメイトが話していたのを聞いたんだけど、別クラスの人もクラス移動で自習していいみたい」

「別クラスか……」

「それで……詩乃《しの》ちゃんにも伝えてくれたら、一緒に過ごせるかななんて思って……」

ちょっと恥ずかしそうに話すひなに、内心少し驚いた。

彼女がそういう風に自分の希望を言うことはあまりないから。

「いいんじゃないか？　伝えてみるよ」

すぐに念話を使って顔の見えない詩乃《しの》に【ひなから次の授業は一年生全員自習になって、別クラスで一緒に自習してもいいらしいけど、来る？】と伝えると、三秒もしないで入口が開いて詩乃《しの》が入ってきた。

　めちゃくちゃ速いな……。

「ん？　貴方《あなた》って……」

　入った詩乃《しの》はすぐのところに座っている凱《がい》くんに反応する。

　数日骨折で休んでいたこともあり、俺も彼を見るのは久しぶりだ。

「ちっ」

　入った詩乃《しの》と目が合って視線をそらす。

　彼の近くを通って詩乃《しの》がこちらに向かってくる。

　その間、クラスの男子生徒達の視線が詩乃《しの》に釘付《くぎづ》けにされていた。

「まさか誘ってもらえるなんて思わなかったよ～」

「いらっしゃい。詩乃《しの》ちゃん」

　教室の後ろから余っている椅子を持ってきて俺の机の横に付ける。俺の机を中心に横に詩乃《しの》、前にひながこちらを向いて座る。

　何故《なぜ》こちら向きなんだ……？

「日向《ひなた》くん？　そういえば一つ疑問があるんだけど」

「ん？」

「明日からみんなで旅行に行くでしょう？」

「そうだな」

「なんか藤井《ふじい》くんだけ仲間外れにした感じしない？」

それは俺も思っている。ただ、まだ仮の加入ということもあり、藤井《ふじい》くんを誘うのは今後を考えて控えようと思っていた。

「ひなと詩乃《しの》の意見を聞きたいけど……俺は藤井《ふじい》くんは信頼できる人だと思ってる。でも、特別教育プログラムでも学んだけど、パーティーは相性も重要で藤井《ふじい》くん的に俺なんかと組みたくなくなる可能性だってあるから……」

すると二人は目を丸くしてお互いを見つめる。

「日向《ひなた》くん？　それは心配しなくていいと思う」

「うん。多分問題ないよ」

「えっ……？　あはは……そうだよね。最初からあまり期待してないだろうから……」

レベル0と一緒にパーティーを組むって最初から期待していないよな。俺は少し傲慢になっていたのかもしれない。

ひなも詩乃《しの》も優しいから、はっきり言ってちゃんと指摘してくれるのはありがたい。

「ふふっ。日向《ひなた》くん？　私としては日向《ひなた》くんが一緒なら藤井《ふじい》くんと一緒に行ってもいいかな？二人っきりはちょっとあれだけど……」

「私も大丈夫。日向《ひなた》くんが信頼できる人なら信頼できるから」

二人とも……ありがたい。こんなに優しいパーティーメンバーに恵まれて嬉《うれ》しい。

「でも急に誘って大丈夫なの？」

「それもそうだな。今日授業が終わったら誘ってみるよ。さすがに授業始まってから廊下をうろつくのはよくないだろうから」

「そうね。私が行ってもいいけど、会話がままならないし……」

むぅ……と言いながら俺の机に伏せる詩乃《しの》。それを愛《いと》おしそうに見つめるひなが頭を撫《な》でる。

これを目の前で見られるって……幸せだな。

当然だが、クラスの男子生徒達からの視線が痛い。

自習という自由時間をダラダラと過ごして、授業が終わり詩乃《しの》は自分の教室に戻っていった。

ホームルームで担任の先生から「連休だからって羽目を外しすぎないように」と言われた。

初めての連休を迎えてクラス中は気が抜けた声と嬉《うれ》しさの声が混ざり合う。

いつもなら詩乃《しの》が来るまで待つのだが、ひなが先に詩乃《しの》を迎えに行って、俺は藤井《ふじい》くんのクラスに向かう。

うちのクラスとあまり変わらない光景が広がっている。

その中に藤井《ふじい》くんが鞄《かばん》を片付けている姿が見える。

一つ気になるとするなら、周りはみんなグループに分かれていて、藤井《ふじい》くんはグループのようなクラスメイトと話したりしない点だ。

どこか昔の自分のようで、今でもひなと詩乃《しの》がいなければ誰とも話すことなく、一人で黙々と片付けて帰ることになるだろう。

片付けが終わるまで入口で待っていると、藤井《ふじい》くんが出てくる。

俺に気付いたのか目を丸くして小走りでやってきた。

「日向《ひなた》くん？　もしかして僕を待ってたの？」

「ああ。話したいことがあって、少しいいか？」

「もちろんだよ。このまま帰るところだったから」

「じゃあ、寮まで一緒に行こう」

「ありがとう」

藤井《ふじい》くんと並んで寮まで向かう。

「明日からゴールデンウイーク期間中に実家に戻るって話したと思うんだけど」

「うんうん」

「もしよかったら藤井《ふじい》くんも一緒に来る？」

「えっ……？」

一瞬顔を赤らめてポカーンと俺を見つめる。

「実はさ。いろいろ事情があってひなと詩乃《しの》も一緒に来ることになったんだ。せっかくなら藤《ふじ》井《い》くんも誘ってみようって話になってさ」

「そ、そっか。そういうことね。びっくりした」

「あはは……急に誘われても困るよな」

「それはいいんだけど………いいや。僕は全然いいよ？」

「そっか！　それはよかった。旅費はこちらで負担するからさ」

「僕の分はちゃんと出すよ！　生活費とか結構余らせているから大丈夫」

「そう？　もしもの時は言ってな。ひな達のおかげでパーティー資金はたくさんあるから」

「わかった！　じゃあ、僕はこのままチケットでも買いに行くよ。明日何時出発のチケット？」

『異空間収納』に入れておいたチケットを、ポケットから取り出すふりをして見せる。

「明日の朝八時ちょうどに出発だな」

「どれどれ……わかった。隣の席空いてるかわからないけど、買ってみるよ」

「ああ。よろしくな」

「こちらこそ！　一週間分の旅支度もしておかないと……」

「藤井《ふじい》くんってマジックリュックかバッグ持ってる？」

「うん。持ってるよ」

魔道具屋を営んでる藤井《ふじい》家の息子に聞くまでもなかったな。

人数も増えたし、念のため食べ物や日用品も買い足しておこう。

寮まで向かっていたが方向を変えて一緒に校門に向かった。

多くの生徒が玄関に立つ絶世の美女二人に目を奪われるのが遠くからでもわかる。

「やっぱり二人って凄《すご》い人気だね」

「美人だからな。二人とも」

「ふふっ。美人さん達とパーティー組んでる日向《ひなた》くんって凄《すご》いね〜」

「いやいや、藤井《ふじい》くんだってこれからメンバーだろう？」

「みんなの期待に応えられるように頑張るよ」

校門に着いた。

「神威《かむい》さん。神楽《かぐら》さん。今回の誘いありがとう」

「「よろしくね〜」」

挨拶もそこそこにひなの家とは反対側の駅に藤井《ふじい》くんは向かい、俺はひなと詩乃《しの》と一緒に
神威《かむい》家に向かった。

第3.5話　お爺さんの稽古

神威《かむい》家の屋敷《やしき》に着いてすぐにお爺《じい》さんがやってきた。いつもは夕飯の時か、現れないか、なのに珍しい。

「小僧。また一段と強くなったんじゃな。最近はダンジョンにも入っておらんのじゃろ？」

「そうですね。今日まで入場禁止ですので」

「ふむ。なら少し付き合え」

ゆっくりとした足取りで茶の間から出る。

ひなと目を合わせると、彼女も目を丸くして苦笑いを浮かべた。

俺達はその足でお爺《じい》さんの後ろを追いかけていくと、着いた場所は以前ひなが木刀を振り回していた道場である。

改めて見ると、道場はかなり広い。百人が並んで素振りをしても狭いと感じないほどに。

「しばらくまともに体も動かしていないじゃろ。小僧」

「えっと……」

実を言うと、お爺《じい》さんが言う通りだ。『愚者ノ仮面』を被《かぶ》ったり『絶隠密《おんみつ》』を使えば、ダンジョンに入ることはそう難しいことじゃない。制服も脱げば俺だとバレないと思う。

ただ……そんな穴を見つけてルールを破ることが正しいことだとは思えない。

ゴールデンウイークが始まるまでダンジョン入場禁止は国が決めたルールだ。俺も学生として、国が決めたルールは尊重すべきだ。

「特別教育プログラムに参加しましたけど、体を動かしたわけではありませんでした」

「ほっほっほっ。若者がそれじゃいかん。たまには思いっきり動かさないとじゃ！」

「よろしくお願いします！」

お爺《じい》さんは小さな声で「いつでもかかってこい」と言い、鋭い目を向けてくる。

自分よりも身長が半分ほどしかないが、体が自然と震え出す。それくらい放たれる威圧感は強者そのものだ。

イレギュラーの時に対峙《たいじ》したティラノサウルスを思い出す。

強者に対する久しぶりの感覚に、思わず両手を握りしめた。

余裕一つないまま飛び込んで、お爺《じい》さんに飛び蹴りを入れる。

俺の足が当たる直前にお爺《じい》さんが不思議な手の動きをすると、足の勢いが一気に弱まる。

「うわっ⁉」

「甘いのぉ。フェイント一つ入れない愚直な攻撃は魔物にしか効かんぞ」

いつもの魔物とは違い、人を殴るという行為に少し気が引けるが、相手がお爺《じい》さんならまた違う感覚だ。だって、これだけ強者であり、俺ごときの攻撃が効くとは思えない。

スキル『武術』を駆使して攻めていくが、一発も当たらない。

その時、スキル『視線感知』により、お爺《じい》さんの視線が一つ一つ伝わってくる。

俺が飛び出した瞬間でも手と足、体、目の四か所を一瞬で見ている。さらに俺の攻撃が当たる前もずっと視線は外さない。

普通なら一か所しか注視できないのに、ここまで明確に四か所を瞬時に見ているのは、お爺《じい》さんの高い実力あってのことだと思う。

お爺《じい》さんの手がまた不思議な動きをする。風を作り出しているかのように、何かを練るように手を何度か交差させる。そこには目には見えないけど、何らかの力が感じられる。

俺が腕を叩《たた》き付《つ》ける直前に不思議な力で俺の攻撃を弱める。ぬるっとした感触が腕を包み込む。

その間もお爺《じい》さんは常に俺の全身のいろんなか所に視線を向けているのが伝わってきた。

短時間のうちに何か所にも視線を向けて、一つ一つの動きを見ているんだ。俺の動きを読めるのは、気配を感じ取るだけでなく、視線をしっかり使っているからなんだな。

何度か手合わせをして距離を取る。

興奮した自分を抑えるために大きく息を吸って吐き出して自分を落ち着かせる。

「武術はだいぶ型ができているが、使われている感じがまだあるのぉ？　これもあれの力か」

あれの力というのはスキルの力という意味だ。以前にもそう言われて、知りたければ、ひなと結婚しろだなんて言ってたっけ……。

思い返して顔が熱くなる。

「くっくっくっ。どうだ？　そろそろ、うちの孫娘をもらう気になったかのぉ？」

「そ、それは！　え、えっと……」

ずっと受け身だったお爺《じい》さんは、軽く跳んできては攻撃を仕掛けてきた。

焦《あせ》っていたのもあり、ギリギリで何とか武術を使い打ち合って相殺《そうさい》していく。

手のひらで虫を払うような軽そうな攻撃でも、俺の手にぶつかった瞬間に周囲に大きな音を響かせるくらい強烈な攻撃だ。

「ほれほれ～」

まるで子供と遊んでいるかのように、お爺《じい》さんは緩い笑みを浮かべて、俺がギ、リ、ギ、リ、反応できるスピードで攻撃を続けてくる。

お爺《じい》さんの攻撃を防ぎながら考える。どうしてお爺《じい》さんはこんなにも強いのだろうかと。

それはレベルが高いからか？　身体能力が高いからか？　特別だからか？

それもあると思う。でも、スキル『視線感知』のおかげでお爺《じい》さんの強みの一つが視、線、にあると知った。

何もないから諦めているだけじゃ何もできないことを学んだ。探索者になりたいと願い、誠《せい》心《しん》高校に入学して、結果的に探索者になれて、こうしてひな達と肩を並べていられるのは、全て前に進もうとしたからだ。

一つずつ、小さいことからでもやれることをしよう。

まず、お爺《じい》さんの視線の真似《まね》だ。スキル『武術』のおかげで体を動かす感覚は何とか追いつけるから、お爺《じい》さんの動き一つ一つを目で追う。

お爺《じい》さんの視線、手の動き、足の動き、体の重心、そして、息遣い。

一度に全部を見るのは難しいが、繰り返し見続ける。

それが功を奏したのか少しずつお爺《じい》さんの動きが見えるようになってきた。

「ほっほっほっ～ほれほれ～まだまだ～」

さっきよりも少しスピードが上がった。ただ俺も少し慣れてきたのと、視線を重要視したおかげで、少しずつ反撃のチャンスも見いだせるようになった。

お爺《じい》さんが踏み込んだ瞬間に、足の動きと手の動き、視線の動きから割り出して、どれくらいの強さなのかを瞬時に判断する。

今まで防いでいた攻撃を、今度は俺の攻撃を以《もっ》て相殺《そうさい》した。

腕同士がぶつかり合って、周りに風圧を広げる。見守っていたひなと詩乃《しの》の髪がふわっと立ち上った。

《経験により、スキル『防御力上昇』が『防御力上昇・中』に進化しました。》

《経験により、スキル『注視』を獲得しました。》

たった一撃だったはずなのに、ぶつけ合った右腕がジーンと痺《しび》れる。

一瞬、真剣な表情を浮かべたお爺《じい》さんは、声を上げて笑い始めた。

「がはは！　これくらいでいいじゃろ！　小僧。魔物との戦いで得られるものもあるが、学べないものもあるのじゃ。相手が魔物だとしても、こうして動きを一つ一つ見極めることで、より高い次元で戦えるのじゃて。何もしない者は、弱いままじゃよ」

「は、はいっ！」

「打ち合うのはあまり感心せんが、それも強さあってのこと。若者はそうでなくちゃのぉ～」

「あ、あの……お爺《じい》さん？　腕は大丈夫ですか？」

俺も右腕が痺《しび》れているが、お爺《じい》さんの右腕も痺《しび》れているのがわかる。

ぶつかり合った時、お爺《じい》さんはわざと避けなかった。避《よ》けようと思ったらきっと避《よ》けられたはず。なのに、それをしなかった。きっと、俺に経験を積ませるためなんだと思う。

「心配はいらん。儂《わし》も歳《とし》じゃからの～年齢によるものじゃ」

「えっ⁉　で、でも」

「そうだと言えばそうなんじゃ！」

一瞬で俺の頭にゲンコツを叩《たた》き込むお爺《じい》さん。

動きに反応すらできなかった。

「い、痛っ……」

「小僧」

「は、はい……」

「強くなるということは、それだけ責任が生じる。守られる側から守る側になれば、選択に責任が伴うのじゃ。それをよくよく肝に銘じておくのじゃぞ」

そう言い残したお爺《じい》さんは、道場を後にした。

強くなることで責任が生じる……。

どうしてかその言葉は俺の胸の奥に深く突き刺さった。

「日向《ひなた》くん……腕は大丈夫？」

「ありがとう。ほら。大丈夫だよ」

最近あまり活躍の場はないけど、スキル『体力回復・大』があるから、痺《しび》れはすっかり回復している。さらに言うと稽古中もお爺《じい》さんの攻撃は全て受けては回復を繰り返していた。

腕を前に出して問題ないことをアピールすると、ひなと詩乃《しの》は安堵《あんど》した表情を浮かべた。

どうやら心配をかけてしまったみたいだ。

スキル『クリーン』で体を清めて、いつもの時間を過ごして一日が終わった。

◆

神威《かむい》家の道場。

中央で静かに正座をして目を瞑《つぶ》っているのは神威地蔵《かむいじぞう》である。

彼はゆっくり右手を前に出して、自身の手を見つめた。

「くっくっくっ。懐《なつ》かしいのぉ……この感覚」

まだ少し残っている痛みを感じながら、懐《なつ》かしむように見つめる。

その時、部屋に一人の男が入ってくる。

「お父様」

「昌《あきら》か。こんな時間に珍しいな」

彼の隣に同じく正座をして前を真っすぐ見つめる神威昌《かむいあきら》。

「その腕はどうしたんですか？」

「ああ。今日、小僧に少し稽古を付けたんじゃよ」

「日向《ひなた》くんにですか……薄々感じてはいましたが、彼にここまでの実力が……」

「そうじゃな。まだ若いし、粗削りじゃ。あいつほどのものじゃないが、いずれあの世代を代表する存在になるじゃろ」

「兄弟子に迫る強さ……俺も一度お手合わせをしてみたいものです」

「がはは！　そんなことしたら、小僧が可哀想《かわいそう》じゃよ。だが、儂《わし》では測り知れない何かを持っているような気もする。肉体だけの戦いですらこれだけの力を持つなら、まだ何かを隠し持っている可能性もあるかの……」

「日向《ひなた》くんにはひなたの絶氷《ぜつひょう》を抑える力もありますし、不思議な力を持っているようですからね。たしか、スキルのおかげだと言ってたみたいですね？」

「そうじゃな。スキルを認識できているようじゃった」

「まるで……兄弟子のようですね」

「そうじゃな。あいつに似てるところも多いが、あいつは最初から怪しかったからの」

「それ、兄弟子にも聞かせてやりたかったですね」

「……あんな馬鹿弟子。儂《わし》は知らん！」

「ふん！」と怒る父に苦笑いを浮かべる昌《あきら》。

父が最も期待していた兄弟子のことを思い浮かべる。不思議な強さがあり、父の元でともに時間を過ごした。

たまに数年いなくなってはまた戻って同じ屋根の下で過ごした日々を、昌《あきら》は今でも忘れられずにいる。

「それよりも、魔石の件はどうなったんじゃ」

地蔵《じぞう》の言葉に昌《あきら》の表情が曇る。

「残念ながら……」

「ふむ……このままではひなたを地下に追い込まなければならぬか……」

「それだけはいけません。もしそれをやってしまっては……」

「知っておる。儂《わし》もかわいい孫娘を諦めたくはない。最悪、本人達の意志を無視してでも小僧を巻き込むしかないのかのぉ」

「それも最後の手です。娘の意志は尊重したいですから」

地蔵《じぞう》はまた小さく溜息《ためいき》を吐《つ》いた。

「……朱莉《あかり》の方も心配じゃな」

「はい。あの子にもよく言い聞かせてはいますが、いつ爆発するか……」

「……これも儂《わし》がやってきたことへの罰かのぉ」

「お父様……それは違います。お父様は神威《かむい》家を背負ってやるべきことをやってこられたと思います！　ですから今は前を向いて進みましょう」

「そうじゃな。まだ希望が全て断たれたわけじゃないからのぉ」

「ひなたの部屋を強化する魔道具の開発も進んでいますから。今は明るい未来が待っていると信じましょう」

「ああ」

地蔵《じぞう》はまだ少し残っている痛みを感じている右手を見下ろしては、今日戦った青年のことを思い出して、小さく笑みを浮かべた。

新規獲得スキル

フェイト

- 愚者の仮面

Fate

アクティブスキル

- 周囲探索
- スキルリスト
- 魔物解体
- 異空間収納
- 絶氷融解
- 絶隠密
- 絶氷封印
- 魔物分析・弱
- 手加減
- 念話
- ポーカーフェイス
- 威嚇
- フロア探索
- クリーン

Active skill

パッシブスキル

- 異物耐性
- 状態異常無効
- ダンジョン情報
- 体力回復・大
- 空腹耐性
- 暗視
- 速度上昇・超絶
- 持久力上昇
- トラップ発見
- トラップ無効
- 武術
- 緊急回避
- 威圧耐性
- 恐怖耐性
- 冷気耐性
- 凍結耐性
- 隠密探知
- 読心術耐性
- 排泄物分解
- 防御力上昇・中
- 睡眠効果増大
- 視覚感知
- 注視

Passive skill

第4話　帰省、仲間、妹。

翌日。

あれ……？　何か大事なことを忘れている気がするんだが……何か思い出せない。

ひとまず一週間分の荷物などは『異空間収納』に入れてある。

持っているリュックから取り出すふりをすれば、マジックリュックっぽく見えるはずだ。

寮母の清野《せいの》さんに挨拶をして、正面玄関に出ると藤井《ふじい》くんが待っていてくれた。

「おはよう～」

「おはよう」

寮を出て向かうのは誠心《せいしん》駅。

町の中心部にあるとても広い駅で、探索者が多い誠心《せいしん》町なのもあり、全国どこにでも行けるようになっている。

これも探索者優遇と言えるし、探索のための移動が証明できれば安価で向かうこともできる。

「そういえばチケットはどうだった？」

「問題なく取れたけど、席は少し離れてしまったよ」

「そっか。じゃあ、隣は別の人が座りそうだな」

「そうだね。神威《かむい》さんと神楽《かぐら》さんは日向《ひなた》くんの向かい席だったよね？」

「ああ」

もう少し早く誘っていれば四人でまとまって座れたと思うけど、これぱかりは仕方がない。

ひなと詩乃《しの》と合流し、駅に入り改札を通ろうとしたその時、一人の男性駅員があたふたしながらやってきた。

「か、神威《かむい》様ではありませんか⁉」

神威《かむい》様……？　もしかして、ひなの知り合いか？

「はい。神威《かむい》ですけど……」

「おお……！　やはり神威《かむい》様でしたか。本日はこちらから恵蘭《えらん》駅に向かう列車に乗られるのではありませんか？」

「はい。そうです」

「た、大変申し訳ありませんでしたあああ！」

急に謝り出した駅員を、周りのお客さん達も不思議そうに見つめた。

「あ、あの……？」

「神威《かむい》様のご令嬢に普通の席を用意するなどあってはなりません！　特等席のご用意が整って

おりますので、ぜひそちらにどうぞ！」

それを聞いた詩乃《しの》は、クスクスと笑う。

「日本列車社は神威《かむい》家が筆頭株主だものね。駅員さん〜私達四人で一組なんですけど、その特等席って四人座れますか？」

「もちろんでございます！　個室になっており、八人まで入れますので……！」

「わあ！　じゃあ〜せっかくだし、お言葉に甘えさせてもらいましょう〜」

詩乃《しの》が俺と藤井《ふじい》くんの背中を押して、駅員さんの案内に従って歩き始める。

いつもなら中列車両や後列車両に入るのだが、初めて前列車両に入った。

俺が想像していたよりもずっと高級感溢《あふ》れるその車両は、入る際にもチケットの確認が必要なくらいセキュリティ対策がなされていた。

案内された場所は、扉が付いた個室だ。

ここ以外にも個室はいくつかありそうだが、こちらの部屋は他の部屋とは違い、かなり豪華な作りなのが扉の材質からも伝わってくる。

室内も高級感に溢《あふ》れ、椅子もソファだったり、冷蔵庫が付いていたり、狭いけどなんとシャワー室まである。

ソワソワしながらソファに座ると、俺以外の三人は慣れたようにゆったりとしていた。

「詩乃《しの》ちゃん〜藤井《ふじい》くん〜飲み物あるけど何がいい？」

「甘いの～」

「僕はお茶がいいな」

「は～い」

冷蔵庫から飲み物を運んでくれるひな。詩乃《しの》にはミルクティー、藤井《ふじい》くんにはお茶、ひな自身と俺には不思議な白い飲み物が置かれた。

「炭酸だけど美味《おい》しいよ～」

「ありがとう」

少し緊張しているのもあって喉が渇いていたから飲んでみると、今まで味わったこともない不思議な味だった。

ちょうどよい甘さでとても美味《おい》しい。

隣に座っていた藤井《ふじい》くんがクスクスと笑いながら小さい声で話す。

「日向《ひなた》くん？　それ一本で、通常チケットの料金より高いんだよ？」

「まじか……」

まさかそんな高いものだとは……というか、料金とかどうなってるんだろうか。

下車時に支払うとしたら、パーティー資金から出せば問題ないか。イレギュラーがあってからダンジョンには入れていないけど、それまでに稼いだ分がある。

母さんに渡す分の生活費はしっかり確保させてもらってるしな。

「日向《ひなた》くん。それ美味《おい》しかった？」

「うん？　ああ。俺は好きだな。甘すぎないし、飲みやすさというか、口に触れた感触が独特で美味《おい》しい」

「そっか！　じゃあ、うちで毎日用意しておくように言っておくよ！」

「ひな。それはやめよう」

俺の返事を聞いた詩乃《しの》が「あははは～」と腹を抱えて笑う。

そんなにおかしいかな？

「日向《ひなた》くん。気付いていないかもしれないけど、日向《ひなた》くんがいつも飲んでるお茶の方が高いからね？　むしろそっちの方が安いよ？」

「え…………」

あの美味《おい》しいお茶って……そんなに高かったのか。それは美味《おい》しいわけだ……というかみんなの金銭感覚があまりにも俺とは違い過ぎてついていけないな……。

「でもあのお茶は贈られてくるものだから値段は気にしないで？　この飲み物はうちにたくさんあるはずだよ？」

「そ、そっか……それなら少しくらいお願いしようかな」

「うん！」

こう、「ぜひ頼んでほしいな～」みたいな表情のひなに「いや、いらない」なんて、とてもじゃないけど言えなかった。

これから……大事に飲むことにしよう。

列車が出発して、三時間の旅が始まった。

藤井《ふじい》くんだけ席が離れたり、四人席に知らない人が座るからどうなることかと思ったら、個室に案内されたおかげで四人水入らずで列車の旅を楽しむことができた。

普段は高いビルが並んでる誠心《せいしん》町の町並みばかり見ていたし、ダンジョンに入れば景色は自然に溢《あふ》れているのだが、ここ何日もダンジョンに入っていないから自然を感じずに過ごしていた。

窓の外に広がるのどかな風景に、俺達四人はゆったりとした穏やかな時間を過ごした。

三時間の列車の旅はあっという間に終わる。

一人だと眠っても長いと感じてしまうのに、ひな、詩乃《しの》、藤井《ふじい》くんと一緒に喋《しゃべ》りながら過ごすと時間を忘れて楽しめた。

「日向《ひなた》くんの地元はのどかな場所なんだね～」

「ちょこちょこ高い建物はあるけど、田んぼのど真ん中に巨大マンションはびっくりしたよ」

「あはは……あそこは地元でも有名なタワーマンションだからな」

恵蘭《えらん》町は田舎の中でも開けている部類のはずで、駅周辺には高いビルも並ぶ。

少し進んだ場所にはショッピングモールがあったりして、よく多くの車が停《と》められている。

駅周辺に来れば何かと楽しく過ごせるように開発を進めたみたい。

それも相まって駅から離れると高い建物はほとんどなくて、家とコンビニ、食事処《どころ》が並んでいるくらいだ。

列車から降りる時も乗務員達がわざわざ列車から降りて「ご苦労様でした！」と明るく挨拶をしてくれたり、恵蘭《えらん》駅の駅員達も「いらっしゃいませ！」と出迎えてくれた。

普段目にすることのない対応に、やはり神威《かむい》家って凄《すご》いんだなと驚いた。

改札を出ると、見慣れた広い通路と待合室が見える。

ああ……まだ二か月くらいしか経《た》ってないはずなのに懐《なつ》かしく思う。

その時――――周りの人達の視線がこちらに向く。

当然ひなと詩乃《しの》に向けられた視線だが、すぐに隣にいる俺に視線が移るのがわかる。

「あれ？　あれって『レベル０』じゃね？」

「まじかよ……『レベル０』のくせに可愛《かわい》い彼女連れか？」

「いやいや、ありえんだろう。だって『レベル０』だぜ？」

一人や二人ではない。その場にいた何十人もの冷たい視線が俺に向く。

ああ……何か俺は勘違いをしていた。

ひな達に出会って俺は変わったかもしれないと思っていた。けれど、俺が『レベル０』であることに変わりはない…………。

どれだけダンジョンで戦えるようになっても、ひな達が倒してくれた魔物の素材を回収できるようになっても、俺自身が『レベル0』のまま成長しないことに変わりはないんだ……。

「日向《ひなた》くん？　顔が青いよ!?　どうしたの!?」

真っ先に気付いた詩乃《しの》が心配そうに俺に近付く。ひなと藤井《ふじい》くんも心配そうに歩み寄った。

「あれか？　高校デビューして成功したパターンか？」

「もしかしてお金で買ったんじゃね？　だって、あいつに友達なんているの見たことないし」

「違いねぇ～都会っていいな～あんな可愛《かわい》い子と仲良くなれるのかよ。俺もこんなとこに残らないで都会に行けばよかった～」

「やめとけ。お前では無理だぞ～」

「いやいや。『レベル0』ですらああなるんだぞ？　俺だってチャンスあるだろう」

「そりゃそっか！　卒業したら俺らも都会に出るべきだな！」

ち、違う……ひな達は……お金で買ったり、そんなのでは……俺のスキルで……スキルが目当て……？　もし俺にスキルがなければ、ひなとも詩乃《しの》とも藤井《ふじい》くんとも仲良くなることはできなかった。

お金で買うのと、スキルで彼女達を繋《つな》ぎ止《と》めることと……違いはあるのだろうか？

「だ、大丈夫……」

「大丈夫じゃないよ！　列車酔いには見えないし……」

その時——ガヤガヤしていた駅の改札口の前に大きな声が響き渡る。

「貴方達《あなた》‼　いい加減にしなさいよ‼」

怒ったような甲高い声が俺達に、いや、詩乃達に向けられる。

「えっ……？」

声がする方に立っていたのは——二か月ぶりに会う妹だった。

ただし、その顔には怒りが浮かんでおり、ずかずかと俺と詩乃《しの》の間に入ってくる。

「またお兄ちゃんをイジメて何が楽しいの！　もうやめてよ‼」

「あ、あの……」

「り、凛《りん》……」

「うちのお兄ちゃんが何をしたっていうの！　貴方達《あなた》に何か悪いことでもしたの⁉　お兄ちゃんはいつも優しくて貴方達《あなた》の悪口なんて一言も言わないのに、貴方達《あなた》はいつもいつもお兄ちゃんに向かって……私、絶対許さないから‼」

通路に響き渡る妹の怒声に、駅員達までこちらに向かってくる。が、彼らもまた俺を見ては眉間にしわを寄せる。

「お兄ちゃん、もう行こう！　こんな人達なんて相手しなくていいから！」

「ま、待って凛《りん》……」

せっかく久々に会うのに、妹に悲しい表情をさせてしまったな……。

ダンジョンに入り、スキルを得て強くなったと思ったのに、何一つ強くなれてないじゃないか。一体俺は何のために探索者になりたかったんだ……妹に……こんな心配をかけたくなかったからではないのか？

自問自答を繰り返しながら、妹を後ろから抱きしめた。

「お兄ちゃん⁉」

「凛《りん》……ありがとうな。いつも俺を心配してくれて」

「こ、これくらい当然でしょう！　家族だもん！」

「ああ。すまない。みんな。紹介が……遅くなった。俺の妹の凛《りん》だ」

「ほえ？」

ひなと詩乃《しの》、藤井《ふじい》くんが心配そうにこちらを見つめる中、妹はポカーンとした表情で彼女達と俺を交互に見る。

「凛《りん》。ごめんな。彼女達は俺の――仲間なんだ」

駅から離れて車も少なくなり、整備された歩道を五人で歩く。

前方にはひなと詩乃《しの》の手を握って中央で一緒に歩く妹の後ろ姿が見える。

「お兄ちゃんってダンジョンでそんなに活躍してるの⁉」

「そうだよ～？　日向《ひなた》くん、凄《すご》いんだから！」

「わあ！　お兄ちゃんの凄《すご》いとこ、凛《りん》も見たいな！」

「凛《りん》ちゃんはまだ中学生だったよね？　来年にならないと入れないからね～」

「むぅ。私も見たいのに……外で見せてくれてもいいけど、怒られちゃうかもしれないもんね」

以前にも似てるとは思っていたけど、詩乃《しの》と凛《りん》が話してると本物の姉妹のようだ。

二人を温かく見守りながら相槌《あいづち》を打つひなもお姉ちゃんのように見える。

三姉妹（？）を後ろから眺めながら、藤井《ふじい》くんと並んで歩く。

「凛《りん》ちゃん。明るい子だね」

「ああ。誰からも好かれる自慢の妹だよ」

「ふふっ。最初はどうなることかと心配だったけど、誤解が解けてよかった」

「すまん。俺が不甲斐《ふがい》ないせいで……」

「日向《ひなた》くんらしくなかったね？　どうしたのか聞いてもいい？」

「えっと………いや、そんな大したことじゃないんだ」

前を歩いていた詩乃《しの》がくるりと回ってこちらを向いた。

「本当～？」

「お兄ちゃん？　またあれでしょう……？」

「またあれ……？」

少しばつが悪そうに妹が続ける。

「お兄ちゃんは昔から周りの人達にすごく嫌われてて……本当にお兄ちゃんは何もしてないんだよ？　お兄ちゃんすごく優しいし、私の自慢のお兄ちゃんなんだけど、どうしてかみんなはすごく嫌ってて……」

「あはは……」

「うちの町に住んでる人だと、お兄ちゃんを知らない人はいないくらいだから、人が多いとこに行くと、お兄ちゃん具合悪くなっちゃうんだ」

「あ……だから…………」

「あの人達、ひそひそと話していたものね……」

ひなの言葉に聞こえていない詩乃《しの》もまた「そうだったのね……」と悲しい表情を浮かべた。

「みんな。ごめんな。俺が不甲斐《ふがい》ないばかりに、せっかくの旅行なのにこんなことになってしまって……」

「ううん。私が真っ先に止めるべきだったけど、どうしていいか動けなくて……こちらこそごめんなさい」

ひなが頭を深く下げて長い銀色の髪が揺れ動く。

「ひな！　ち、違う。ひなは何も悪くないから」

「そうだよ！　悪いのは全部あの人達だから！　だからひぃ姉としぃ姉は悪くないよ！　宏人《ひろと》

お兄ちゃんもね～」

　妹のおかげでみんなの表情に少し笑顔が戻った。

「ひなちゃん？　あの人達ってどんなこと言ってたのか、こっそり教えて」

と言いながらイヤホンを外す詩乃《しの》。辛《つら》そうに顔を歪《ゆが》める。

　事情を知っているひなは素早く彼らが言っていたことを詩乃《しの》に教えた。

　聞こえないなら聞こえなくてもいいと思うんだけど、こういうのを止めると仲間外れだと怒るので、仕方なく見届ける。

　説明を終えるとイヤホンをまた装着した詩乃《しの》が怒る――と思いきや、怒ることなく、俺の前にやってきた。

「日向《ひなた》くん」

「うん？」

「もしかして、私達とパーティーを組んだのが、日向《ひなた》くんのスキルのおかげだと思う？」

「えっ？　…………うん」

「……それはそうね。日向《ひなた》くんにスキルがなかったらパーティーは組めなかったかもしれないわ。私もひなちゃんも藤井《ふじい》くんも」

「そ、そうだよな……」

「でもね？　それでも。それが日向《ひなた》くんだからいいのよ。日向《ひなた》くんが持つ力は日向《ひなた》くんが持っているからいいので、日向《ひなた》くんじゃないとダメなんだ。スキルだって日向《ひなた》くんの一部だよ？」

詩乃《しの》にそう言われて、俺は金槌《かなづち》で頭を殴られたような衝撃を受ける。

彼女達との関係を金で買ったと言われて、俺はスキルで繋《つな》ぎ止《と》めてると思ってしまった。

それは紛れもない事実。

けれど……スキルをどう使うかはその人次第。

今週通った特別教育プログラムでだって学んだはずだ。ポーターだからとか、戦闘職だからとか、魔法職だからとか、どれかに優位性があるのではなく、みんなが一丸になることでパーティーとして大きな力を発揮する。

ひなが普段自由に力を発揮できないのを、詩乃《しの》が普段自由にコミュニケーションが取れないのを、俺のスキルで補う。二人の手を汚すことなく魔物の素材を解体したり回収したり、ポーターとして支えることが今の俺の目標だったはずだ。

まだ藤井《ふじい》くんとは一緒に戦ったことはないけれど、これからお互いに足りない部分を補うような、そんなパーティーを目指したはずだ。そう決めたはずだ。

なのに……俺は…………。

詩乃《しの》は満面の笑みを浮かべる。

「ね？　私達、パーティーメンバーであり、友人でしょう？　そんなこと気にしなくていいの。もちろん日向《ひなた》くんの力がないと私もひなちゃんも凄《すご》く困るけど……だからといって、嫌いな人と一緒にいたくはないから。私達は好きで君の隣にいるんだよ？」

「詩乃《しの》……ひな………ごめん。悪かった……」

「もぉ～また謝って～謝ってほしいんじゃないのに～！」

詩乃《しの》が妹の真似《まね》をする。

その姿にクスッと笑みが零《こぼ》れてしまい、みんなの顔にも笑みが咲いた。

「そうだな。みんなありがとう。これからもよろしくな」

「「うん！」」

俺にはこんなに素晴らしい仲間がいるんだから、これからは周りの言葉に惑わされることなく、しっかり自分を保つようにしなくちゃな。

「お兄ちゃん～？」

「うん？　どうしたんだ？　凛《りん》」

「凄《すご》く気になったことがあるんだけど………」

「うん？」

次の瞬間、衝撃的な言葉が飛び出した。

「しぃ姉達を連れてきたのはいいとして、しぃ姉達は――どこで泊まるの？」

「えっ……」

「「えっ……」」

三人の視線が俺に向く。

「あ！　何か重要なことを忘れていたと思ったら、母さんにみんなを連れていくって言ってなかった……」

「「「ぷはっ、あははは～」」」

みんな一斉に大声で笑う。

彼女達と一緒に旅行に行くことだったり、実家に連れていくことだったりで、頭がいっぱいになってしまい、肝心な連絡を忘れていた。

今日も妹がみんなと初めて会った時、勘違いした理由にも繋《つな》がる。俺がちゃんと連絡を取っていれば、詩乃《しの》達が怒られずに済んだのに…………はぁ…………やってしまった。

「ふふっ。もし難しい場合、私達はホテルに泊まるよ～ホテルは神楽《かぐら》家にいろいろ伝手《つて》があるから心配しないで」

「すまん……何か俺ダメダメだな」

「ふふっ。ちゃんとしてくださいね～？　リ～ダ～」

そう言いながら優しく俺の胸に拳を当てる。

俺は本当にリーダーとしてやっていけるだろうか……？　やっぱり詩乃《しの》が適任だと思うんだが……彼女の期待にも応えられるように頑張らないとな。

「ほえ～お兄ちゃんがリーダーなの？」

「そうだよ～日向《ひなた》くんは本当に凄《すご》いから」

「………ちょっと想像できないけど」

落ち着いたからか冷静になった妹からのグサッと刺さる言葉に、自分が情けなくなる。

「先に母さんに電話で――」

「お兄ちゃん！　このまま行こう～！　きっとママもびっくりしちゃうよ～」

「あはは……そりゃびっくりするだろうな」

いたずらっぽく笑う妹は、またひなと詩乃《しの》と手を繋《つな》ぎ、顔いっぱいの笑みで歩き出した。

この笑顔に俺は何度救われたことか………絶対に妹が誇れるような兄になろう。


駅から徒歩で三十分程。

ようやく見慣れた形の家の前に着いた。

表札には『鈴木《すずき》』と書かれている。

アットホームというべきか、ひなや詩乃《しの》の家に比べたら非常に小さいが、一軒家であることを考えれば、俺達兄妹《きょうだい》には十分すぎる我が家だし、だからこそ毎日家族でリビングに集まり、ボーッとテレビを見たり、いろんな話をしたりしていた。

「懐《なつ》かしいな……」

「お兄ちゃん？　まだ二か月かそこらでしょう？」

「そ、それはそうだけど……本当にいろんなことがあったから」

「聞きたい！」

「ああ。落ち着いたらな。まずは、みんなを紹介しないと」

チャイムを鳴らすことなく、慣れた手付きで鍵を取り出して開ける。

扉を開くと、うちの家の独特な香りがする。

「ただいま～」

そう声を上げると、奥から「おかえり～」と聞き慣れた声が返ってくる。

ああ……聞いただけで安心してしまうな。

「「お邪魔します～」」

ひな達の声が聞こえて数秒もしないうちに、ダダダッと音を立てて母さんが走ってリビングから玄関に出てきた。

「あらまあ！　お友達？」

「母さん。ただいま。紹介するよ。こちらは向こうで一緒にパーティーを組んでいる仲間なんだ。こちらが神威《かむい》ひなた。こちらが神楽詩乃《かぐらしの》。こちら藤井《ふじい》宏人《ひろと》だよ」

「まあ……べっぴんさんを三人も連れてくるなんて、凄《すご》いわね」

その言葉にひなと詩乃《しの》がクスッと笑い、藤井《ふじい》くんは少し顔が赤くなる。

「すみません……僕、男です」

「あら！　可愛《かわい》らしいからてっきりボーイッシュな女の子かと！　失礼しました」

「いえいえ。よく間違われたりするので……よろしくお願いします」

「『よろしくお願いします』」

「母さん。彼女は特殊な事情があってイヤホンを付けているけど、気にしないでくれ」

「わかったわ。詩乃《しの》さんね。そちらはうちの日向《ひなた》と同じ名前なのね？」

「神威《かむい》ひなたです。名前はそのままひらがなになっています。日向《ひなた》くんがいるので愛称でひなと呼ばれています」

「ひなちゃん！　可《か》愛《わい》い名前ね！　それにしても二人ともうちの娘に負けじと可愛《かわい》いわね！　うちの息子も隅に置けないわ～」

俺の脇腹を肘でツンツンと押しながら「この～この～」と意地悪な笑みを浮かべる。

こういうとこは凛《りん》そっくりだよな。いや、逆か。

「あ、母さん――――」

「こんなとこで立ってないで、まずは入った入った～」

完全に母さん主導で物事が進み、リビングに案内される。

俺がいた時と変わらない配置で物が置かれており、俺達兄妹《きょうだい》が昔描いた落書きが飾られて て少しだけこそばゆい。

当然と言うべきか、詩乃《しの》は真っ先に興味ありげに俺が描いた母さんの似顔絵っぽい何かをニヤニヤしながら見る。

ひなは遠慮しているのか、その場に座り落ち着かないようにキョロキョロしてリビングを見回している。

藤井《ふじい》くんは意外にもすぐにテーブルの上にあった台布巾《だいふきん》で拭いてくれる。

俺は妹と一緒に台所に向かい、飲み物やお菓子を運び始めた。

いつも三人だけのリビングに六人もいると、何だか不思議な感じがする。

「まさか日向《ひなた》が友達を連れてくると思わなかったからびっくりしちゃったわよ」

「あはは……ごめん。本当は前もって伝えるべきだったんだけど、いろいろあって母さんに伝えるのを忘れたんだ」

「まったく……肝心な時におっちょこちょいなんだから」

こう母さんに少し怒られるところを仲間達に見られるのも恥ずかしいな……。

「母さん。できれば彼女達を家に泊めてほしいんだけど、ダメかな？」

「え～！　みんなうちに泊まっていく～？　大歓迎よ～！」

母さんの性格だから拒むはずはないと思ったけど、その通りになったな。

「あ～でも客間は一つしかないけど、三人一緒に客間というのは……………男女一緒に寝る？」

「お断りしますっ！」

顔を真っ赤にした藤井《ふじい》くんがすかさず反応する。

いたずらっぽく笑う母さんは、ずっとこれをネタにしようとしてるのがわかる。

「ひぃ姉としぃ姉は私の部屋で一緒に寝ようよ～！　布団《ふとん》三つ並べて～」

「それいいわね。おばさん。布団《ふとん》の数は大丈夫ですか？」

「問題ないわよ～布団《ふとん》なら全員分あるから」

意外とあるんだ……知らなかった。

うちに誰か泊まりにくることなんてないのに、予備の布団《ふとん》があるなんて知らなかった。

「みんな昼はまだよね？　材料が足りないから昼は出前にして、夕飯からは私に任せなさい」

母さんは昔から料理が好きでいろんなものを作ってくれる。

今日もいろいろ昼から仕込んでいたに違いない。

「楽しみです！」

「母さん。藤井《ふじい》くんは見た目に反してもの凄《すご》く食べるから藤井《ふじい》くんの分は十人前でお願い」

「う、うぅ……すみません……」

「たくさん食べてくれるならたくさん作っちゃうわよ～うちの息子も娘も小食だから作り甲斐《がい》がなくてね」

一人前は普通に食べるんだがな……さすがに藤井《ふじい》くんと比べられると厳しい。

母さんは手際《てぎわ》よく出前を注文する。

六人で十五人前を頼むのには少し笑ってしまった。

しばらくの間、妹から誠心《せいしん》高校やダンジョンについてだったりを聞かれた。逆に詩乃《しの》から「彼氏はいるの？」と聞かれた妹は、一瞬の間も置かず「彼氏なんていらないよ？」と返して相変わらずだなと思った。

妹は昔から男嫌いというか、毎日といっていいくらい男子生徒から告白されていて、全部断っているのは知っている。たまに女子生徒からも告白があるらしいけど……俺にはわからない世界だ。もちろん、妹は恋人を作ろうとはしない。

恋人……か。いつか俺にもそういう存在ができたりするのかな？

一時間程で出前が届いてテーブルいっぱいの料理が並び、みんなで美味《おい》しく食べた。

そのあと、みんなで近くのスーパーへ買い出しに向かい、夕飯の材料を買い込む。

ひなと詩乃《しの》はあまりスーパーを訪れたことがないらしく、珍しい物を見るかのように周りをキョロキョロしていたが、逆に周りからすればひなの銀色の髪は珍しいらしく注目の的になった。

夕飯の準備がある程度終わり、少し時間があったこともあり、ひなと詩乃《しの》の事情について軽く母さんと妹に伝える。これは藤井《ふじい》くんも今日初めて聞くはずだ。

「能力があるって大変ね……二人ともそんな大変な状況だったとはね。うちの日向《ひなた》ならいくら使ってくれてもいいから！　もし日向《ひなた》が変なことしそうになったら、すぐ私に連絡ちょうだい！」

「変なことしないよ⁉」

「あら、こんな可愛《かわい》い女の子達に変なことしないの？」

「するわけないでしょう‼」

「………私の教育が間違っていたのかな？」

いや、変なことするなのか、しろなのか、どっちだよ。

「俺の力で二人が助かってるように、二人のおかげで俺も助かってるから。二人って凄《すご》く強いし、毎日夕飯もご馳走《ちそう》になってるから」

「神威《かむい》さんに何か贈らないといけないわね……」

「あ！　お気遣いなく！　私の方が日向《ひなた》くんにはお世話になっていますし、十分すぎるくらい助かってます！」

「そ、そう？　迷惑だったら追い出していいからね？」

ふと、お爺《じい》さんがひなと結婚しろと言った時のことを思い出す。

あの時は初めて会ったのにあんなこと言われるなんて想像もしなかったからな。

「はい。日向《ひなた》くんが変なことしたらすぐに連絡します～」

ひ、ひなまで……。

「詩乃《しの》ちゃんは耳が聞こえすぎるってまた珍しいわね」

「聞こえないこと以外に不便はないので、ひなちゃんよりはマシですけど……やっぱり、こうして誰かと会話が難しいので、とても助かってますよ～」

「今でも、その念話？　とかいうので伝えているのよね？」

俺は頷《うなず》いて答える。

「日向《ひなた》くんって意外とモノマネも上手《うま》くて、誰が何を話しているのか見なくてもわかります」

「うちの息子にそんな特技があったとはね……」

あはは……特技というわけではないと思うけど、ただ伝えるだけだと味気ないと思って。

じっと聞いていた藤井《ふじい》くんはあまり喋《しゃべ》ることなく、何かを考えていたのが気になる。

それから平穏な時間が進み、母さんは夕飯の仕上げに向かい、意外にも藤井《ふじい》くんも手伝いに向かう。どうやら藤井《ふじい》くん自身も料理をするのは好きらしい。

寮だと台所がないので普段はしないけど、中学生時代は時おり自炊をしていたみたいだ。

いつもだと妹も手伝うのに、今日はひなと詩乃《しの》とのお喋《しゃべ》りに夢中だ。

俺はというと、ひなはスキルで何とかできるとして、詩乃《しの》は離れると会話を届けられないので彼女の近くにいる。

それにしても妹がこんなにも懐《なつ》くなんて珍しい気がする。

人懐《ひとなつ》っこいけど、必ず一歩だけ人と距離を置いている妹。なのに、ひなと詩乃《しの》には距離感が全く感じられない。

それが嬉《うれ》しくてついつい笑みが零《こぼ》れてしまう。

談笑に夢中になっていると、台所から料理を運んでくる藤井《ふじい》くんが見えて、俺達も手伝いに向かう。

母さんが腕によりをかけて作った料理はどれも美味《おい》しそうで、思わず唾を飲み込んでしまう。

目を輝かせる藤井《ふじい》くんはやっぱり食いしん坊のようだ。

「「「いただきます～！」」」

みんなで手を合わせて夕飯を食べ始める。

「ん⁉　お、美味《おい》しい～！」

大袈裟《おおげさ》な反応を見せた藤井《ふじい》くんは、次々と山盛りの料理を平らげていく。

久しぶりに食べる母さんの手料理は相変わらず美味《おい》しい。

「おばさん。もしかして高級レストランで修業とかしました？」

「ん？　してないわよ？」

不思議そうな表情で聞く詩乃《しの》。

「高級レストランの料理長と言っても信じられるくらい美味《おい》しいです！」

「ふふっ。ありがとう～」

ひなも詩乃《しの》の言葉に「うんうん！」と大きく頷《うなず》きながら、次々と食べ進める。

「日向《ひなた》？　食べ終わったら布団《ふとん》を運んでちょうだい」

「わかった」

「母さんの部屋の押入れにあるから」

食事を終えてみんなで片付けている間に、俺は母さんの部屋から布団《ふとん》を運ぶ。

言われた通り、押入れの中には綺麗《きれい》な布団《ふとん》がいくつも重なっていた。どれも清潔に保たれていて、定期的に手入れをしているようだ。

一緒に暮らしていたはずなのに知らなかったな……それにしてもいくつも布団《ふとん》があるなんてどうしてだろうかという疑問はあるが、きっと母さんなりにいつでも俺や妹が友人を連れてきてもいいように準備してくれていたんだろうな。

昔から俺達よりも先回りして何があってもいいように準備していてくれる母さんだから。

布団《ふとん》を二階にある妹の部屋に運ぶ。

「凛《りん》～部屋に入るぞ～」

「いいよ～」

一階から妹が許可する声が聞こえたので、さっそく中に入る。

ふんわりと女子特有の少し甘い香りが部屋に充満している。

部屋は綺麗《きれい》に片付けられていて、掃除も行き届いているようでゴミ一つ落ちてない様子。

妹のベッドの隣に布団《ふとん》を三つ重ねる。たしか三人で布団《ふとん》で寝ると言っていたから。

よく、兄が妹の部屋に入ると怒る妹が多いらしいと聞くが……凛《りん》はまったく怒らない。というか、お互いに気兼ねなく部屋に入る仲だ。

何となくだけど、詩乃《しの》は怒りそうだ。

布団《ふとん》を運び今度は客間に布団《ふとん》を運ぼうとしてると、藤井《ふじい》くんが少し恥ずかしそうに立って待っていた。

「藤井《ふじい》くん？　どうしたんだ？」

「え、えっと、それって僕の布団《ふとん》だよね？」

「ああ。今から客間に運ぼうと思って」

「え、えっと……………みんな凛《りん》ちゃんのところで寝るでしょう？　ぼ、僕も日向《ひなた》くんの部屋で寝たらダメかな……なんて……」

「ん？　もちろん構わないよ。じゃあ、俺の部屋に運ぶか」

「うん！」

またもや二階に運んで、今度は妹の隣の部屋に入る。

二か月も使っていないのに、中は綺麗《きれい》に保たれていた。きっと母さんが定期的に掃除してくれているんだろうと思う。

ベッドの隣に布団《ふとん》を置いた。

「へぇ～意外と広いね？」

「ああ。何故《なぜ》か俺の部屋も妹の部屋も広いんだ。母さんの方針だったみたい」

母さんの部屋はそれほど広くないが、俺と妹の部屋は非常に広い。

寮の部屋は十畳くらいだが、それよりも二倍は広い上にクローゼットスペースまである。

都会は十畳ほどが平均だと聞いて驚いたりしたが、うちは田舎というのもあって広く設計したのかもしれない。

「ほわぁ……男子の部屋に入るの初めてだよ……」

「ん？　初めて？」

「う、うん。うちの規則がいろいろあってさ。男子の部屋に入るのは禁止されていたんだ」

ほんの少しだけ悲しそうな色が目に浮かぶ。

「藤井《ふじい》家って……いろいろ大変みたいだな」

「あ、ごめん。違うんだ。藤井《ふじい》家じゃなくて母の方でさ。父の方に引き取られた時に、そういうルールはなくなったけど、何となく機会がなくて」

母の方ということは、おそらくお父さんとお母さんは現在別れているんだろうな。いろいろ複雑そうなので詳しくは聞かないことにしよう。

それにしても初めて見る男友達の部屋が俺の部屋でよかったのか……？　あまり面白そうなものはないしな。

「もっとゲームとかあるのかなと思ったけど、ないんだね？　参考書ばかりで漫画とかもないんだ？」

「ああ。あまり興味がなくてな。一度だけゲームをしたことはあるんだけど、戦えば戦う程強くなるキャラクターにワクワクしたけど、よくよく考えたら俺は『レベル0』だから強くなれないってわかったから。おかげで普段はずっと勉強ばっかりだったよ。楽しかったけど、思い出とかはあまりないな」

「ふふっ。机とか凄《すご》く使われてるのがわかるね」

「勉強は頑張ったんだけど、探索者になりたいと漠然と思ってしまって。でも肝心の探索者の知識は全然入れてなくて、ダンジョン入門書くらいしか読んでないんだ」

「あ～それわかる～僕も全然友達とかいなくて、友達ってどうしたらできるのかなと思っていろいろ頑張ったけど、肝心な自分の趣味とか何もなかったことに気付いちゃって……」

「なんか……俺達似てるな」

「ふふっ。そうだね。だからかな？　僕は日向《ひなた》くんと話していて少し親近感がわくというか、一緒にパーティーも組んでみたいなと思ったんだ」

「ああ。俺も藤井《ふじい》くんとならそう思えたよ。まだダンジョンには一緒に入ってないけど、これからよろしくな」

「うん！　よろしく！」

その時、入口からただならぬ視線を感じて振り向くと、三人娘が開いた扉から顔だけ出して盗み聞きをしている。

ひな、詩乃《しの》、妹の順番がまた可愛《かわい》らしい。

「なんか、お兄ちゃん達……カップルみたいだね」

凛《りん》の一言で全てが台無しになった。

それから順番に風呂《ふろ》に入る。母さんと妹。ひなと詩乃《しの》。俺と藤井《ふじい》くん。

藤井《ふじい》くん曰《いわ》く、風呂《ふろ》場も普通の家よりはずっと広いようで、浴槽も二人で入っても肌が触れることがないくらいの広さだ。

昔はよく妹と一緒に入っていたけど、妹が中学生になってからは別々に入ってる。

第4・5話　鈴木凛の部屋にて

レベル0の無能探索者と蔑まれても実は世界最強です2
～探索ランキング1位は謎の人～

鈴木《すずき》日向《ひなた》の家。

二階の凛《りん》の部屋。

そこには絶世の美少女と言っても過言ではない三人の娘達がパジャマ姿で、それぞれ大きなぬいぐるみを抱きしめて小さな丸テーブルを囲む。

普段ならイヤホン型耳栓をするのだが、夜なら騒音も少ないということで、詩乃《しの》はイヤホンを外している。

「しぃ姉？　お兄ちゃんの声、聞こえるの？」

「うん。聞こえるよ？　日向《ひなた》くんの心臓の音までちゃんと聞こえる～」

「すご～い！　私もお兄ちゃんの心臓の音、聞いてみたい～」

「詩乃《しの》ちゃんはいいなぁ……私の力は迷惑な力ばかりで……」

「大丈夫大丈夫。ひなちゃんは可愛《かわい》いから、いるだけで日向《ひなた》くんのためになってるよ～」

「そ、そうかな？」

「ねえねえ～もっとお兄ちゃんのこと聞かせてよ～、二か月しか離れていないのに、お兄ちゃんったら別人みたいになったんだから！」

「あ、それ、私も聞きたかったんだよね。日向《ひなた》くんが別人みたいになってるってとこ」

「今日駅で会った時みたいな感じ？　お兄ちゃんっていつも自信なさそうにしていたし、あまり前を向いて歩かないのよね。いつも地面ばかり見て歩いてたから……」

凛《りん》は自身の記憶にある兄の姿を思い出して、大きな溜息《ためいき》を吐《つ》いた。

「私が初めて会った時の日向《ひなた》くんもあまり自信なさげだったけど……そこまではなかったかな？　あ～でも、あの力があったからかな～」

「あの力⁉」

「ふふっ。凛《りん》ちゃんはまだ探索者に会ったことはないんだよね？」

「うん！　うちの町にはあまりいないからね。いることはいるけど、パッとしない人ばかりだよ。三十近くなって中学生にプロポーズする人とか」

「それって………凛《りん》ちゃんも大変だね」

「ううん。それはどうでもよくて、お兄ちゃんってどんな力があるの？」

「ちゃんと秘密にしてくれる？　一応、日向《ひなた》くんからは聞かれると思うって事前に言われていて、許可は取ってあるけど……」

「もちろん約束するよ？　私がお兄ちゃんのことを誰かに言ったりするわけないでしょう？」

「そうね。凛《りん》ちゃんはお兄ちゃん大好きだもんね」

詩乃《しの》は手を伸ばして凛《りん》の頭を優しく撫《な》でる。

「ふふっ。凛《りん》ちゃんと一緒にいると私にも妹が欲しかったなと思っちゃうな～」

「もうしぃ姉の妹だよ～？」

「それは嬉《うれ》しいわ～」

「私も～」

まだどこか遠慮気味なひなたも手を伸ばして凛《りん》の頭を撫《な》でる。

凛《りん》はご満悦のように笑みを浮かべて、幸せそうに大きなぬいぐるみをぎゅっと抱きしめた。

「日向《ひなた》くんの力は凄《すご》く多くてね。その中でも特別な力は、姿を消す力ね」

「姿を消す？」

「うん。凛《りん》ちゃんにも言った通り、私は耳が良くて、音は何でも聞こえてしまうんだけど、姿が消えた日向《ひなた》くんの音は何も聞こえなくなるんだよね」

「あ～詩乃《しの》ちゃん。それ、一つ聞きたいことがあって、以前日向《ひなた》くんが詩乃《しの》ちゃんの前で消えた時、何故《なぜ》かいる場所がバレたって言ってたんだよね。あれって聞こえたんじゃないの？」

「初めて会った時のことね。実は全然聞こえなかったんだけど、あの時ちょうど洞窟の中で、しかも誰もいなくて声が反響してたの。そこで反響して響いた私の声の戻りが遅かった方向に走って抱きついてみたら、日向《ひなた》くんがいたんだよ。たぶん避《よ》けようと思ったらできたんだろうけど、そのまま捕まえさせてくれたんだよね～」

「ほえ～そこまで聞こえちゃうんだ！」

「うんうん。洞窟じゃなかったら絶対に見つけられなかったよ。あの場所じゃなかったら私が日向《ひなた》くんと仲良くなるチャンスなんてなかったと思うと、あの日はダンジョンに潜って本当によかったと今でも思ってる！」

あの日のことを思い出しながら愛《いと》おしそうに大きなぬいぐるみを抱きしめる詩乃《しの》。

「それに、おかげでひなちゃんと出会えたのも大きいわ。神楽《かぐら》家と神威《かむい》家って犬猿の仲だったから、日向《ひなた》くんがいなかったらこうして話すこともなかったわね」

「そうだね。私は家から外に一歩も出られない生活だったから……話すとしても、いつもみたいに冷たく当たってたかも」

「ひぃ姉～いつもだと冷たくしてるの？」

「冷たくというか……感情に合わせて冷気が出ちゃうからいつも無心でいるの。だから人と話しても素っ気なく聞こえるみたい」

「見たい見たい～」

「そんな面白いものじゃないと思うけど……」

「でもお兄ちゃんの力で今のひぃ姉がいるんでしょう？　どんな感じにお兄ちゃんが力になってるのか見てみたいな～」

「そっか。じゃあ、ちょっとだけ」

そう話したひなたはいつものように感情を殺した無心状態になる。自然と表情は冷たくなり、今まで出し続けていた冷気も止まった。

普段のムスッとした表情になったひなたを初めて見た凛《りん》は目を丸くする。

「凄《すご》い！　本当に私が知ってるひぃ姉と全然雰囲気が違う！」

ひなたの冷え切った瞳が凛《りん》に向く。

じっと目を合わせて見つめ合うひなたと凛《りん》。

すぐにニコッと凛《りん》が笑う。

「ひぃ姉は感情を隠しても優しさが滲《にじ》み出《で》てるね～」

「えっ？　そ、そうかな……？」

「うんうん。無表情でもずっと誰かを思う心は変わらないもん。見ればわかるでしょう？」

凛《りん》からのわかるでしょう？　という言葉にひなた自身が驚いてしまう。

「そもそもひぃ姉が冷気を出さないように無表情になるのだって――――周りの人達を守るためでしょう？」

すぐに詩乃《しの》が凛《りん》の隣に寄り添い、反対側にひなたが寄り添う。

二人は愛《いと》おしそうに凛《りん》を左右からぎゅっと抱きしめた。

「日向《ひなた》くんが周りから嫌われても優しくいられたのは凛《りん》ちゃんのおかげなんだね」

「私、今まで誰かにそう言われたことなくて……ありがとうね。凜《りん》ちゃん」

「えへへ～」

二人にぎゅっと抱きしめられてご機嫌になった凜《りん》の顔に満面の笑みが浮かんだ。

しばらく抱き合っていた三人の娘だったのだが――

「あ。日向《ひなた》くん達が何か話しはじめたよ～」

詩乃《しの》の声に二人の目が輝く。

「でもいいのかな？　日向《ひなた》くん達の会話を盗み聞きって……」

「…………」

「…………」

「妹の私が許可します～！」

「あはは……」

「でもでも、しぃ姉の力って仕方なく聞こえてしまうんだから盗み聞きではないでしょう？　盗み聞きというのは、壁に耳を当てて聞いたり、盗聴器を設置したりすることで、しぃ姉は聞こえてしまうから仕方がないよ～」

「ふふっ。そういうことにしておこうか。でもあまりプライベートな話だったらすぐに止めるね？」

いつでも付けられるように両手にイヤホンを握りしめる。

「えっと……ダンジョンって怖くないかって聞いてる。藤井《ふじい》くんも、怖いけど目標があるから頑張るってさ」

「お兄ちゃんは……？」

「日向《ひなた》くんは…………ふふっ。妹に恥ずかしくない兄になりたかったみたい」

「お兄ちゃん……」

「大丈夫。日向《ひなた》くんはちゃんと強いし、頑張ってるからね。それにこれから私達もサポートするからね～」

「私達の方が足引っ張ってしまいそうだから、頑張らないと……」

「あれ？　ひぃ姉ってSランク潜在能力じゃないの？」

「うん？　そうだよ？」

「え？　Sランク潜在能力を持ってるひぃ姉よりお兄ちゃんの方が強いの？」

「そうね。最初から私では日向《ひなた》くんの相手にもならないんじゃないかな……？　それに私の能力といえば冷気なんだけど、冷気は日向《ひなた》くんには効かないからね」

「あ～そっか」

「ひなちゃんは剣術も凄《すご》いけど、日向《ひなた》くんの武術の方が強いものね」

「お兄ちゃんって武術使うの!?」

「そうだよ？　その反応からすると、武術もスキルなのかな？　日向《ひなた》くんはスキルを獲得してるって言ってたもんね」

　ひなたも肯定の頷《うなず》きをする。

「スキル……？　聞いたことない言葉ね……」

「ん？　凛《りん》ちゃんって探索者も調べているの？」

「うん！　お兄ちゃんが探索者になりたいって言ってたから、私も探索者になれるようにいろいろ調べてはいるよ？　Sランク潜在能力とか、今の探索者事情とか、強くなるにはどうすればいいかとか、でもスキルって言葉は初めて聞くかな？」

「そうよね。私もひなちゃんも初めて聞いたよね？」

「そうか……お兄ちゃんの力はスキルというものなのね…………消える力以外に武術まで使えるとなると、スキルというものがあれば、特殊な力が発揮できると…………それをお兄ちゃんはどうやって獲得しているのかな？」

「えっと、たしか……何かある度に覚えるとか言ってたね。他にも凄《すご》い能力があって、魔物の解体だったり、自前でマジックバッグみたいな効果で収納したりするよ？」

「そっか……となるとお兄ちゃんの弱点はレベルが上がらないことだけかな？　『レベル０』についても調べたけど、レベルが０の人は観測史上存在しないらしいし……もしかしてお兄ちゃんって身体能力も高くなってる？」

「高いわね。魔物とかほとんど一撃だもの」

「レベルが上がると身体能力が向上するっていうけど、お兄ちゃんの向上の仕方は普通よりずっと高いと………それなら少しは安心できるかな。早く来年にならないかな～」

「ふふっ。まだ早いわね～今年は始まったばかりだからね」

「むぅ……」

「凛《りん》ちゃんが来るまで私達がちゃんと守ってるからね？」

「わかった！　しぃ姉とひぃ姉がいるなら安心できる！　お兄ちゃんをよろしくお願いします」

「あ～日向《ひなた》くん達、そろそろ寝るみたい。私達もそろそろ寝ようか」

「は～い」

凛《りん》を間に川の字となり、三人の娘達は手を繋《つな》いで眠りについた。

第5話　家族という絆

家の外から鳥のさえずりが聞こえて目を覚ました。

スキルのおかげで最近は眠る時間が短くても熟睡できるし、眠ろうと思うと七時間しっかり眠ることもできる。

感覚的には三時間寝ても七時間寝ても変わりはないが、ダンジョンに入れない今は七時間眠った方が時間調整がしやすくて助かる。

藤井《ふじい》くんは穏やかな寝息を立てて眠っている。

隣の部屋からもひな達の静かに眠っている気配が感じられた。

静かにベッドから起き上がり、一階のリビングに下りる。

「おはよう。日向《ひなた》」

「おはよう。母さん」

昨日は誰よりも早く眠った母さん。誰よりも早く起きるのは変わりないな。

「早いわね？　もっと寝てていいのよ？」

「大丈夫。しっかり眠れてるよ」

「そう？　確かに血色はいいし、ずいぶんと体も鍛えられたわね？　ダンジョンに入った効果なのかしら？」

「うん。相変わらずレベルは0だけどね……」

「そっか……でもレベルが0という割には、ずいぶんと逞《たくま》しくなったわね。母さんびっくりしちゃったよ」

「そ、そう？」

「そうよ？　詩乃《しの》ちゃん達に驚いてて言うタイミングがなかったけど、日向《ひなた》の変わりように一番びっくりしたんだから」

「あはは……自分ではそんな感じはしないけどな」

ソファの隣に座ると母さんは興味ありげに俺の胸元をベタベタと触ってくる。ちょっとくすぐったい。

「筋肉の密度はそれほど上がってはいないわね？　でも何だか凛々《りり》しくなったのよね……」

「ダンジョンでいろいろあって、少しだけ強くなったからだと思う」

「ふう〜ん……そっか〜うちの日向《ひなた》も大人になっちゃうのか〜」

天井を見ながら溜息《ためいき》を吐《つ》く母さんに、いつまでも子どもじゃないなんて台詞《せりふ》は言えなかった。

「母さん。これ、渡したかったんだ」

「ん？」

『異空間収納』の中に入れておいた紙袋を取り出して、母さんに渡す。

「あらあら？　息子からプレゼントかしら～」

ニヤニヤしながら紙袋の中身を開いた母さんの表情が――一気に曇った。

「日向《ひなた》。これは何？」

「えっと、ひな達とダンジョンで稼いだお金だよ」

「……そのお金をどうして私に？」

「仕送りだよ？」

「…………」

紙袋をぎゅっと閉じた母さんは、そのまま俺の膝の上に紙袋を置いた。そして、真っすぐ俺を見つめる。

「日向《ひなた》？　あんたまさか……こんなことをするために探索者になりたかったの？」

「え、えっと……そ、そうだね。家賃とか母さん一人で払うの大変でしょう？　俺も稼げるようになって少しでも楽に……」

「っ……まさか息子にそんな心配をかけてしまうなんて……私、本当にダメな母ね」

「母さん⁉」

「ちょっと待ってなさい」

そう言いながら母さんは自分の部屋に向かうが、階段の前に立つと上を見つめる。

「凛《りん》ちゃん。貴女《あなた》も下に来なさい」

「う、うん！」

階段の上から寝起きの声が聞こえて、妹がゆっくり下りてきて俺の隣に座った。

母さんの迫力にお互いに挨拶も忘れて待っていると、母さんは通帳を持ってやってきた。

「あのね？　日向《ひなた》。凛《りん》ちゃん。これは母さんの通帳なの。お金の心配をしてくれているみたいだけど、違うのよ。お金にはまったく困ってないの」

そう言いながら開かれた通帳には、事細かなお金の動きが記載されていた。

一つ気になることは――――相当な額だと思われていたローンの引き落としがまったくない。

うちの家は、俺が六歳、妹が五歳の時に引っ越してきた。それまでは小さな部屋が二つあるアパートに住んでいたのだけれど、急に家を建てちゃったと嬉《うれ》しそうに話した母さんに連れられて初めて来た時は、夢のようだった。

だからか、その時のことは今でも鮮明に覚えている。

それから高校生になるまで、家賃のことはいっさい聞かなかったけど、まだ建てて十年しか経《た》ってない家にはローンがかかると思っていた。

なのに、通帳に引き落としの形跡は見当たらない。

「まずね？　母さんのお仕事は知ってるよね？　ちゃんと生活費だったり、二人を大学に行かせたりするのは簡単なくらい稼いでいるわよ？」

大人が一か月どれくらい稼ぐのかくらいは調べているので大体の額は知っている。そこから比較しても、母さんの給料はかなり高い部類だろう。

むしろ……母さん、こんなに貰《もら》ってるんだと驚くほどである。

都会の部屋事情を調べた時に俺の部屋が広かったり、風呂《ふろ》が広かったりして珍しいなとは思っていたけど、少し納得がいく。

「それにね？　ローンなんてかからないんだよ？　だってこの家――一括で建てたんだから」

「一括……母さん凄《すご》いね」

「ふふっ。でもね。それを支払ったのは私じゃないのよ」

「母さんじゃない？」

「この家を建てたお金って――貴方《あなた》達のお父さんのお金なのよ」

「「お父さん!?」」

あまりにも意外な答えに妹と一緒に驚いてしまった。だって、母さんの口から父さんのことなんて聞いたことがなかったから。

「母さん？　父さんって……生きているの？」

「ん？　う～ん。わかんない」

「わかんない!?」

「そうなの。生きているのか、ダンジョンで遭難しているのか、まったく連絡もないし、私の連絡先も知らないと思うし」

まさかここで父さんのことを少しでも知ることができるなんて驚きだ。妹も同じ思いのようで目を輝かせている。

俺達兄妹《きょうだい》には一つ決め事がある。それは、『母さんに父さんのことを聞かないこと』だ。

物心ついた頃に母さんに父さんの存在を聞いた時、母さんは酷《ひど》く悲しそうな笑顔を見せてくれたのを覚えている。

あそこまで悲しむ母さんを見たことがなかったから、俺にとっては強烈な思い出となった。妹にもそのことを伝えて二人で決めた。それからは一度も父さんのことは聞いていない。

だからこそ、母さんが父さんのことを話してくれるのが少し嬉《うれ》しくなる。

「ママ！　パパのこと、もっと聞きたい！」

「あら？　二人とも、お父さんのことは興味ないんじゃなかったの？」

「違うよ！　興味ないんじゃなくて……聞いたらママが悲しむかなと思って……」

「そうだったの……ごめんなさい。私ったら二人がこんなにも優しく育ってくれて甘えてしまってたわね。ちゃんと伝えるべきことは伝えないとね…………じゃあ、お父さんについて、私が知ってる範囲で話すね？」

「うん！」

俺は隙を見てテーブルに置かれたポットからお湯を汲《く》み、お茶を入れる。

深呼吸をした母さんが父さんのことを話し始めた。

「実は、私もあまりあの人のことはわからないのよね。たまたま田んぼに転がってるところを拾ったの」

「拾った⁉」

「ふふっ。拾って世話をしてあげたら何だか愛着が湧いちゃって。それで、あの人は過去のことは話したくないみたいで何も教えてはくれなかったし、私もまったく興味なかったわ。悪い人じゃないことだけはわかってたから。数年くらい一緒に暮らしてたけど、名前しかわからないわね。何なら彼の苗字《みようじ》もわからないわね」

鈴木《すずき》という苗字《みようじ》は母さんの苗字《みようじ》なのは知っていたが、まさか父さんの苗字《みようじ》すら知らないなんて驚きだ。それに戸籍謄本とかに父の欄は空欄になっている。

てっきりいろいろ複雑な事情があると思ってたけど、俺が思っていたのとは少し違うようだ。

「あの人について知ってるのは、仕事が探索者ってことくらいかしらね」

「父さん……探索者なんだ……」

「そうよ。だから日向《ひなた》が探索者になるために誠心《せいしん》高校に合格したって言った日は、やっぱりそうなるのねって思ってしまったのよ」

俺が誠心《せいしん》高校を勝手に受験して合格したのを報告した時、母さんはすんなりと許可してくれたのを覚えている。母さんの中で俺と父さんが被《かぶ》って見えてたんだね。

「でも探索者という割には強そうには見えなかったけどね。私と数年一緒に住んで、仕事に出掛けてくるって言ってから、一年後に戻ってきて、また一年くらい一緒に住んでからまた一年くらい仕事に行ってまた戻って、三回目に出掛けてからは帰ってこないわ」

さらっと帰ってこないと言えるところで母さんと父さんの関係性が少し見えた気もする。

「あの人、見た目に反して凄腕《すごうで》の探索者だったみたいで、お金は凄《すご》く持ってたの。出産費用だったり、貴方《あなた》達が赤ちゃんの頃の生活費だったり、全部お父さんのお金で生活していたのよ。それでも余りすぎて家まで建てちゃったのよね。だからね？　家のお金の心配はしなくて大丈夫よ？　日向《ひなた》」

「そう……だったんだね。ごめん。母さん」

「ううん。こちらこそごめんなさい。まさか日向《ひなた》がそういう悩みを抱えているとは思わなくて……だからそのお金は可愛《かわい》いお嬢様達のために使ってちょうだい。あとは凛《りん》ちゃんにもね？」

「わかった。でもそのためのお金はもう取ってあるから大丈夫だよ」

「かなりの大金だったのに……ダンジョンってそんなに儲《もう》かるの？」

「俺というよりひなと詩乃《しの》が凄《すご》く強いんだ。それに二人とも収入は分けなくていいって言ってくれて、ありがたいことに素材は全部俺が貰《もら》ってて、ちゃんとパーティーの資金は残しているけど、それでも額は凄《すご》い額になってる」

もしどうしてもお金が欲しいなら、紫魔石《魔石Δ》を売れば、一億円以上のお金が手に入る可能性もある。ただ、あれはあまり売りたくない。何か嫌な予感がするから。

「何だか日向《ひなた》があの人に似てきてる気がするわね……お金いっぱい持ってて探索者で、でもいそうろうっぽく見えちゃうのよね」

「………」

肝に銘じておこう。ちゃんと俺にできることを頑張ってお荷物にはならないようにしなければ。てか、父さんはお荷物だったわけではないんだろうけどね。

「ママ？　またパパの話、聞いてもいい？」

「もちろんよ。日向《ひなた》がまた学校に行ったら、凛《りん》ちゃんにだけこっそり教えてあげるよ」

「ふっふん〜お兄ちゃんに自慢しようっと〜」

強張《こわば》っていた空気が一気に解けていく。

にしししと笑った妹は、母さんと一緒に朝ご飯の準備に向かう。

庭に出て朝のストレッチをしてリビングに戻ると、ひな達も起きてリビングに集まっていた。

少し寝ぼけているひなの姿と、寝ぐせなのか、ひなの綺麗《きれい》な銀色の長い髪の隙間にちょいちょい髪がはねていて、いつものクールさは感じられないなとクスッと笑みがこぼれた。

みんなで交互に洗面台で朝の支度をしていく。

母さんが用意してくれた朝食を食べる。当然のように藤井《ふじい》くんは朝から五人前をペロッと平らげた。何度見ても朝からあれだけ食べられる強靭《きょうじん》な胃袋はすごいと思う。

「今日は仕事があるからね。お昼は何か買って食べてね。お金は――」

「母さん。お金は大丈夫」

「そうね。それじゃ私は仕事に行ってくるから夕飯は一緒に食べましょう。材料は帰りに買ってくるわね」

「わかった。いってらっしゃい」

みんなで母さんを見送って、今日は何をしようか話し合う。といっても、田舎なのもあり、あまり遊ぶ場所は多くない。

いや……そもそも俺があまりそういう場所を知らないだけなのかもな。誠心《せいしん》町でも遊びに行ったりはしていないもんな。

「駅周辺にいろんな施設があるから、まずはそちらに行ってみよう～！」

当然、妹がみんなを先導してくれる。

俺と藤井《ふじい》くんは三人娘の後ろを追いかけていく。

「昨日はバタバタしてたから気付かなかったけど、のどかな景色だね～」

「ああ。田んぼばかりだけどな。あと車」

「ふふっ。そうだね。歩いてる人はあまりいないかな？　そういえば、ダンジョンはないの？」

「確か二つくらいあった気がするけど、行ったことはないかな」

「そっか。せっかくならここでダンジョンに入ってみるのもいいかな？」

「ぜひそうしたいんだが……俺達がダンジョンに入るってことは妹が一人ぼっちになってしまうからどうしようかなと悩んでるんだ」

「凛《りん》ちゃんってまだ中学生だったもんね。しっかりしてるからそんな感じしないな～」

「ああ見えて寂しがり屋だから、あまり一人にはしたくないかな」

「そうだね。仲間外れはよくないから。それにせっかくの休日だし、ゆっくりするのがいいか」

「ああ。そうしよう」

駅前に着くと、田舎とはいえ一番の繁華街というだけあって、中々の人だかりができている。

大型ショッピングモールには家族連れが多く、その他のアミューズメント施設には若者が集まっているのが見える。

そんな中、やはりというべきか、昨日同様に周りの視線が俺に突き刺さる。

ひな達も視線を感じたのか周りを見回したりしている。

「日向《ひなた》くん？　大丈夫？」

「ああ。大丈夫……だ」

実はまだ少しだけ頭痛がする。こうなるとわかっていながらも、対策一つできない弱い自分が情けないなと思う。

いつもならここで逃げ出したり、家にこもっていたはずだ。ただ、今は違う。俺には仲間がいる。ひな、詩乃《しの》、藤井《ふじい》くん、妹。みんなが一緒にいてくれる。

想像するのはダンジョンに入った時のこと。

強力な魔物が犇《ひし》めく場所に何度も立ち、挑み続けた。

レベルが上がることはなかったけど、スキルを獲得すれば少しは戦いやすくなり、弱いと思うけど最弱魔物なら倒せるようになったし、ひな達という仲間までできた。

そう思うと——不思議と何一つ怖くない。

だって、ダンジョンでは魔物から放たれる殺気に何度も立ち向かった。それに比べれば、ここにいる人々から向けられる視線は大したことはない。

ああ……そんな簡単なことだったんだ。誰かの視線を気にしながら生きていただけの自分。弱いままだった自分。変わろうとしなかった自分。それに気付かず、誰かのせいにしたかった自分。でも今の俺にはどう向き合えばいいのか答えを出すのは、とても簡単なことだ。

いつも見ていた黒い地面の景色から大勢の人が俺を睨《にら》みつける景色へと変わる。さらに視線を上げるとどこまでも広がっている青い空が見える。

世界は広い。自分が上を向いていれば可能性だって無限大だと思う。

初めて自分の足でダンジョンに入ったことで、スキルを獲得して変わった自分。

だから自分の足で進んだ。前を向いて。

「みんな。行こうか」

「お兄ちゃん？　大丈夫……？」

「ああ。心配かけてごめんな。凛《りん》」

手を伸ばして心配そうな表情を浮かべた妹の頭を優しく撫《な》でる。

少しずつ表情が和らいだ妹は次第に笑顔になった。

《経験により、スキル『絶望耐性』を獲得しました。》

スキルさんまで俺に力を貸してくれるんだな。いつもありがとうな。

相変わらず俺には冷たい視線が向くが、そのどれも気にならないようになった。

妹と何年かぶりに一緒にショッピングモールに堂々と入った。

中は予想していた通り、だだっ広い通路を埋め尽くす大勢の人がいる。

「すごい人だかりだね～」

「噂《うわさ》で聞いていたけど、田舎のショッピングモールってこんなにも凄《すご》いなんて……」

ひなも詩乃《しの》も田舎は初めて来たらしく目を丸くして珍しいものを見るように周りを見ている。

「海外の田舎は何度か行ったけど、こんなに人が集まっている場所はないからね」

「日本特有って感じなのか？」

「たぶん？　普段の週末もこんな感じなの？」

「そうだな。連休だからもっと増えてるけど、週末もこんな感じだよ」

ふとショッピングモールの上を向いたひなが不思議そうにする。

「日向《ひなた》くん？　一番上って人が少ないようだけど、何があるの？」

「あ～最上階は探索者用の高級フロアのはずだ。俺も行ったことはないから詳しくはわからないんだけど」

「ひぃ姉としぃ姉ってこういう場所は来ないの？」

「初めてかな～」

「初めてだよ～」

あはは……ショッピングモールに高校生になって初めて来る人って、映画の中だけの話かと思ったら目の前にいた。

「じゃあ！　案内してあげる～！」

「よろしくね～凛《りん》ちゃん」

一階の入口から順番にテナントを見て回る。必ず中に入るわけではなく外から眺めながら通り過ぎたりする。

中でも雑貨屋には目を輝かせて中に入っては可愛《かわい》らしい小物に黄色い声を出す三人がとても微笑《ほほえ》ましい。

「藤井《ふじい》くんもショッピングモールとかは来ないのか？」

「そうだね。初めてってわけじゃないけど、凄《すご》く久しぶりかな？　僕が行ったことのある場所はこんなに人が多くはなかったけどね」

「「可愛《かわい》い～」」

妹に純白のカチューシャを付けると二人はすぐに黄色い声を上げた。

確かに……可愛《かわい》い。

「子どもっぽくない？」

「全然！　とても似合ってるよ～」

「う～」

妹がチラッとこちらを見る。

「凜《りん》。凄《すご》く似合ってるぞ」

「ほんと⁉」

喜ぶ妹の後ろで詩乃《しの》がピースサインをする。さすが詩乃《しの》だ。こういうファッションセンスは彼女に勝る者はいない気がする。

みんなで服を買いに行った時も、詩乃《しの》がいろいろコーディネートしてくれた。

「じゃあ買おうかな～」

財布を出そうとする妹の手を急いで止める。

「凛《りん》。俺といるのに財布なんて出さなくていいぞ」

「お兄ちゃん……」

「こうしたくて頑張ったんだから、少しは頼ってほしい」

「うん……」

それにしてもカチューシャなんて初めて買うけど、ダンジョンで稼いだ額から比べるとずいぶんと安い。

食べ物の値段からしても稼いだ額が非常に大きいのは理解していたつもりだけど、こうして買い物をすると凄《すご》く稼げるようになったんだなと実感する。

まあ、そんなことよりも、こうして嬉《うれ》しさが顔に全面的に出ている妹を見られただけで、頑張ってダンジョンに挑戦したのは大正解というものだ。

それからまたショッピングモールをぐるっと回る。

行く先々では、ひなの銀髪が目立つのか多くの人の注目を集めたり、彼女達の美貌に写真を撮らせてくれという人まで現れるほどだったが、それらは全て断った。

スキル『視線感知』のおかげか、ひな達を盗撮しようとする視線まで感じられて、全て事前に止めている。

インターネットで見かけたことはあったけど、こうして盗撮まがいなことをする人が多いとは思わなかった。

一階にはテナントやスーパーがあり、二階にはフードコートやアミューズメント施設が並ぶ。若者が多くて、通り過ぎるひな達に「可愛《かわい》い～！」や「モデルさんみたい！」などの黄色い声を上げていた。

三階は少し高級なフロアになっていて、一階にあるお手頃価格の服屋とは違い、デザイン性に優れた服を売っている店や宝石店などが並ぶ。それもあって、若者や家族連れはほとんどなく、カップル達で賑《にぎ》わっていた。

「凛《りん》。宝石とかほしいか？」

「え～？　いらないよ？」

「値段なら――――」

「いらない」

「そ、そうか」

「うん。いらない」

きっぱりと断る妹。女性は宝石を好むなんて言われていたから、妹が欲しがるなら何か贈ってもいいかなと思ったけど、いらないみたいだ。

三階の高級フロアはひな達には見慣れた光景なのか一階二階ほど興味は示さない。

最上階の四階に上がる。

三階とも違い、人はぐっと減っている上に、店の数もそう多くない。代わりに一つ一つの店が広く、全ての商品がケースの中に入っていて手に取ることもできない。

「魔道具充実してるね～」

周りを軽く見回した藤井《ふじい》くんが声を上げる。さすがは魔道具屋を営んでいる家のご子息。

「お兄ちゃん？　こんなところまで見るの？」

「ああ。今日ここに来た一番の目的はここだからな」

「えっ？　そうなの？」

不思議そうにする妹を連れて、とある店に入る。

正装をした女性の店員さんが丁寧に頭を下げて歓迎してくれる。白い手袋を嵌《は》めているのは魔道具を大事に扱うためなのがわかる。

「こんにちは。本日はどのような魔道具をお探しでしょうか？」

「マジックバッグを探しています」

「マジックバッグでございますね？　使われるのはダンジョンでしょうか、普段の生活でしょうか？」

「普段の生活で、彼女が使います」

そう言いながら妹を示すと、ニコッと笑った女性店員さんはすぐに案内してくれた。

マジックバッグは魔道具の中でももっとも広く使われている魔道具である。

機能性重視と書かれた案内板にはリュックタイプのマジックバッグが並んでる。マジックバッグは、生地に穴が開いた場合、マジックバッグとしての効能が消えてしまうという弱点がある。それもあって、耐久性を重視した分厚い作りになったリュックタイプが探索者にはよく愛用されている。

それとは別に日常で使うタイプのマジックバッグはファッション性を重要視した作りになっていて、可愛《かわい》らしいデザインやらかっこいいデザインが多い。種類もたくさんあって、手持ち財布タイプ、手提げバッグタイプ、ウエストポーチタイプなど、形は様々で欲しい形なんて簡単に見つけられそうだ。

「詩乃《しの》。ひな。凛《りん》に似合いそうなものを見繕ってもらえるか？」

「任せて～！」

詩乃《しの》が目をキラキラさせてマジックバッグのところに走り、ひなが妹の背中を押して詩乃《しの》を追いかける。肝心の妹はポカーンとして俺とひなを交互に見ながら、ひなに連れられて行った。

「ふふっ。凛《りん》ちゃん可愛《かわい》いね」

「うむ！　宇宙一可愛《かわい》いと思う！」

「ふふっ。でも凛《りん》ちゃんと会うとその良さがわかるな。凛《りん》ちゃん可愛《かわい》いもの」

「妹はやらんぞ……？」

「いや、恐れ多すぎるよ？　それにたぶん凛《りん》ちゃんと僕がそういう関係になる未来は一生来ないと思う」

「…………」

「僕じゃなくて凛《りん》ちゃんが興味なさそう」

「そっか。それがちょっと悩みではあるんだよな……彼氏とかできてほしくない気持ちと、できない妹に心配な気持ちと……」

「娘さんを思うお父さんかっ！」

「あ～なんか、その気持ちがわかる気がする～」

「ほらほら、可愛《かわい》い凛《りん》ちゃんが見てほしいみたいだよ～」

いろんな種類を試して最後に選んだのは、白地に黒色の花柄の刺繍《ししゅう》が入ったシックなショルダーバッグだった。

こう見ると妹は本当に白が似合うなと思う。

「凛《りん》。すごく似合ってる」

「ほんと……？」

「ああ。元々可愛《かわい》いのに、可愛《かわい》いアクセサリーなんて付けたら、本物の天使様みたいだ」

恥ずかしそうに下を向く妹がまた愛《いと》おしい。

「こちらのマジックバッグを買います」

「かしこまりました」

会計は、右手の甲に刻まれている探索者のライセンスで支払いをする。ライセンスの中には通帳と同じ機能があり、ライセンス内に入っているお金から直接支払われる。

ダンジョンで稼いだ額のほとんどがライセンスに入っている。パーティー資金として管理しているが、ひな達の好意で俺の好きに使ってほしいということで、事前に妹のために使いたいということは相談している。

二人とも快く承諾してくれて今に至る。

「お買い上げありがとうございます」

みんなで他の魔道具を見回したが、浮かれた妹は嬉《うれ》しくてそれどころではなかった。

他にアミューズメント施設を回ったり、凛《りん》と一緒にみんなでプリクラを撮った。

以前ひなと詩乃《しの》と先に撮ってしまったからな。これで妹も笑顔で許してくれた。うん。笑顔でね。最後に凛《りん》と俺の二人だけのプリクラがなかったらきっと笑顔はなかっただろう。

お昼はひな達のたっての希望でファミリーレストランで食べる。俺も妹も普段は母さんのご飯や弁当を食べるから中々ファミリーレストランは来ない。地元では冷たい視線が集まることもあり、中々来られなかった。だからとても新鮮な気持ちで来られる。

藤井《ふじい》くんも似た感じのようで、いつも食堂ばかりだから楽しみという。

やってきたファミリーレストランでテーブル席に案内され、五人でそれぞれ好きなものを頼もうとした――――が、藤井《ふじい》くんの提案で「メニューに載っているの、全部ください！」と笑顔で言う彼に、店員はもの凄《すご》く困った笑顔を浮かべた。

そのおかげでテーブルいっぱいに並ぶ全ての食べ物をみんなでシェアする。

それぞれ好きなものを頼むのもいいが、こうしてみんなでいろんな料理をシェアできるのも楽しい。行ったことはないがバイキングやビュッフェというスタイルがあるらしい。きっとこんな感じなのだろう。

みんなでワイワイと楽しく食べながら、次々とパクパク食べる藤井《ふじい》くんはさすがというべきだな。

食事が終わりショッピングモールを後にして帰路につく。

その時、俺達を取り囲んできた男達がいた。

大柄の男達四人。見た目から柄の悪そうな雰囲気があり、卑猥《ひわい》な笑みを浮かべている。

「そこの可愛子《かわいこ》ちゃん達～そんなつまらなそうなガキどもなんかより、俺達と遊ぼうぜ」

恵蘭《えらん》町は田舎なのもあり、駅前に来れば大体の人の顔を覚えたりする。

とくに若者となるとある程度顔見知りが多かったりするが、彼らは一度も見たことがない。

連休だからどこからか遊びに来た連中だろうか……？　それに見た目だけじゃなく、どこか探索者としての力も伝わってくる。

相手の強さではなく、今ダンジョンに通っているかどうかの気配から、彼らが探索者というのがわかる。

詩乃《しの》は怖い表情をして彼らに対峙《たいじ》しようとしたが、それより先に彼女達の前に立つ。

「おいおい〜そんな細身で俺達の相手をするってか？　ああん？　ダンジョンには怖い魔物なんてうようよいるんだ……てめぇみたいなガキに少し世間というものを教えてやるよ！」

そう言いながら迷わず太い腕を振り下ろす。

「お兄ちゃんっ！」

心配する妹の声が聞こえるが心配ない。

彼が言った通り、ダンジョンには怖い魔物がたくさん出現する。ダンジョンに入って死にかけて、あのティラノサウルスとの戦いで多くの命が亡《な》くなったことも経験した。

藤井《ふじい》くんが守った探索者達が魔物の絶望に晒《さら》されたのも見た。

だからこそ、彼の殺気はあまりに――――甘すぎる。

振り下ろされる腕を、左手で引っ張り、右手の拳を男の腹部に叩《たた》き込みながら後方に高く弾《はじ》き飛《と》ばす。俺よりも大きな体が宙を舞い、後ろに飛んでいく。

その様子を見ていた相手の残り三人が呆気《あっけ》に取《と》られているが、妹達を守るために先に攻撃してきた彼らに仕掛ける。

以前、詩乃《しの》から俺が凱《がい》くんを殺そうとしたなんて言われたのは今でも覚えている。だから常に対人戦はスキル『手加減』を発動させる。

人体にいくつもあるツボを攻撃して一撃で全員を気絶させていく。

これもお爺《じい》さんとの稽古のおかげで、武術がより強力に使えるようになった。

相手がお爺《じい》さんの時は、さすがに強すぎて試せなかったが、彼ら相手なら効率のいい攻撃を叩《たた》き込むことができる。

一人、また一人、地面に倒れていく。

地面に横たわっている男達四人を確認して、念のため全員気を失ったのかしっかり確認する。

「さて、この人達はどうしたらいいんだろう……？」

「お兄ちゃん～！　今の凄《すご》く――――かっこよかった‼」

キラキラした目で妹が興奮気味に声を上げた。

「日向《ひなた》くん。しっかり証拠動画は撮っておいたし、ちゃんとお巡りさんに通報もして、この場所も送ったからこのまま放置して大丈夫だよ～」

そう言いながらスマホを見せてくれる詩乃《しの》は、ピースサインをする。

「さすがは詩乃《しの》だ。ありがとう。助かった」

「ふふっ。日向《ひなた》くんが真っ先に体を張るからびっくりしちゃった」

「こんな人達を相手にひなや詩乃《しの》が手を出すまでもないと思ってな」

俺が手を出さなくても二人なら余裕で退《ひ》かせることができただろう。二人が投げ飛ばす姿が容易に想像できる。

「お兄ちゃん、本当に強くなったんだね！」

「あはは……レベルは上がってないけど、これくらいの連中なら何とかなるかな？」

ご機嫌になった妹が俺の右腕に抱きついてきた。

「それにしても、白昼堂々とあんなに強引に声を掛けてくる人っているんだね？」

「そう言われてみればそうだな。俺も初めてだけど、詩乃《しの》達は見たことあるか？」

ひなと藤井《ふじい》くんは首を横に振る。

ただ、詩乃《しの》だけは苦笑いを浮かべた。

「私は何度かあるかな。いわゆるナンパってやつだね。ひなちゃんも駅前に行ったら、ひっきりなしにナンパされると思うよ？」

詩乃《しの》の声でひなを見ると、ひなは――――初めて会った時のような、冷たい目で倒れた男達を見下ろしていた。

「ひな……？」

俺の呼ぶ声に、ひなはすぐに笑顔になる。

「私はすぐ家に帰っちゃうから。中学生の時は同じ学校の男子生徒から告白とかされたことあるけど、あそこまで強引な人はいなかったかな」

ひながSランク潜在能力なのは周知の事実だったんだろうし、強引に手をかけて凍らされるかもしれないからね。俺には当然のように思えるな。

やっぱり可愛《かわい》い女子は声を掛けられることも度々あるんだな……。

俺達は地面に転がってる男達を放置して家に戻った。

詩乃《しの》のスマホに彼らを逮捕したという連絡が入り、彼らが先に俺に攻撃したのをばっちり動画に撮ったのが証拠となり、こちらには何もお咎《とが》めなしだった。

彼らは暴行罪となり、罰金と数日間留置されるという。

彼らがもしダンジョン内でこのようなことを行ったら、探索者法でもっと大変なことになったはずだ。

母さんが帰ってくると、妹が今日あったことを報告しながら一緒に夕飯の準備をする。慣れている藤井《ふじい》くんも手伝って、リビングでは俺とひな、詩乃《しの》が夕食を待ちながらテーブルを拭いたり、箸を置いたりする。

台所の奥からずっと興奮しっぱなしの妹の声が聞こえてきて苦笑いがこぼれてしまった。

「凛《りん》ちゃん。凄《すご》く嬉《うれ》しそうだね」

「今日はかっこいいお兄ちゃんにいろいろやってもらったからね。ねえ？　お兄ちゃん～」

「あはは……妹に少しでもかっこいい兄だと思われたのならよかったよ」

「日向《ひなた》くん。凄《すご》くかっこよかったよ」

「うんうん！　いつもの日向《ひなた》くんに戻った感じ！」

こう面と向かって褒められるとくすぐったいものだな。

夕飯ができあがり、またテーブルいっぱいの料理が並ぶ。いつも一人前ずつだから大量の料理には慣れないが、そこに藤井《ふじい》くんの姿があれば不思議と納得できる。

母さんが腕によりをかけて作ってくれた夕飯は、レストランの料理よりもずっと美味《おい》しくて、いつもより多く食べてしまった。

夜も少し更《ふ》けた頃、寝る支度が終わってリビングでくつろいでいた時、テレビでニュースが流れた。

「本日で、Cランクダンジョン3で起きたイレギュラーから二週間が経過しました。これより、政府や各関係者の黙とうが始まります。視聴者の皆様も一緒に黙とうをお願い致します」

あの惨劇を思い出したのか、藤井《ふじい》くんが自分の両腕を抱きかかえる。

「――――黙とう」

アナウンサーに合わせて俺達も黙とうをする。きっと俺達以外の当事者じゃない人々も、多くが黙とうを捧《ささ》げているはずだ。

もう二度とこのような惨劇が起きませんように……。

黙とうが終わり、ニュースに政府の有名な人々が映る。

その中に一際《ひときわ》目立つ二人がいた。

軍服姿の二人。一人は夜でも燃えるかのように目立つ真っ赤な長い髪の女性。もう一人は大柄で歴戦の勇士のようなオーラをかもし出している男性。二人とも画面越しですらわかるほどの強者の雰囲気。

「あ、お姉ちゃん」

「バカ兄……」

ひなと詩乃《しの》の口から同時に出る。

「確か二人とも姉さんと兄さんが大将だったよな？」

「そうだよ。こっちがうちのバカ兄。こっちがひなちゃんのお姉さん」

なるほど……ひなの姉さんってひなと似てるかと思ったけど、全然違う。ひなはお母さん似なんだけど、姉さんの方はお父さん似なんだな。服からでもわかるくらい筋肉もあるし、外で並んで姉妹と言われてもわからないな。それに髪色も全然違うな。

詩乃《しの》の兄さんは細身の詩乃《しの》とは真逆で、ひなのお父さん並みの筋肉質な体なのがわかる。体も大きいし、そこにいるだけで存在感を放っている。

「ほえ〜ひぃ姉のお姉ちゃんで、しぃ姉のお兄ちゃんなんだ〜」

「あまり似てないでしょう〜」

「うん！」

「ふふっ。お互いにお母さんとお父さん似だからね。ひなちゃんところもそうっぽいね」

「うん。でも凄《すご》く優しいお姉ちゃんだよ。怒ると怖いけどね」

「ふふっ。それにしても髪色から推測するに……炎系かな？　ひなとは真逆なんだね？」

「うん。お姉ちゃんはそれも残念がってたけどね。できれば私も炎系の力に目覚めてほしかったみたい」

俺はふと妹を見つめる。

俺は『レベル0』だけど、妹には何かしらの才能があるはずだ。あまりそういう話はしていないから、妹の潜在能力がどの程度なのかはわからない。

もし俺に似た力を目覚めさせたら、俺が何か教えることができるのだろうか？　それとも俺とは真逆の力を目覚めさせて大活躍するのだろうか？

視線に気付いたのか妹が「うん？」と首を傾《かし》げる。

それはともかく、妹が自分の夢を叶《かな》えられるような潜在能力だったらいいなと思う。

新規獲得スキル

フェイト

- 愚者の仮面

Fate

アクティブスキル

周囲探索	手加減
スキルリスト	念話
魔物解体	ポーカーフェイス
異空間収納	威嚇
絶氷融解	フロア探索
絶隠密	クリーン
絶氷封印	
魔物分析・弱	

Active skill

パッシブスキル

異物耐性	武術	睡眠効果増大
状態異常無効	緊急回避	視覚感知
ダンジョン情報	威圧耐性	注視
体力回復・大	恐怖耐性	絶望耐性
空腹耐性	冷気耐性	
暗視	凍結耐性	
速度上昇・超絶	隠密探知	
持久力上昇	読心術耐性	
トラップ発見	排泄物分解	
トラップ無効	防御力上昇・中	

Passive skill

レベル0の無能探索者と蔑まれても実は世界最強です2
～探索ランキング1位は謎の人～

第6話　凛の頼み

ゴールデンウイークという長い連休。母さんは仕事だったり、休みだったりして、時には大型タクシーに乗り込み恵《え》蘭《らん》町から少し離れた海が見える場所に遊びに行ったり、ショッピングモールに遊びに行ったりとみんなと楽しい時間を過ごした。

楽しい時間はあっという間に終わり、恵《え》蘭《らん》町で過ごす最後の日になった。明日の朝早くにはまた誠《せい》心《しん》町に戻ることになる。

「今日ここで過ごすのは最後だし、凛《りん》がやりたいことを優先にしよう」

「ほえ？」

気が抜けた返事をする妹がまた可《か》愛《わい》い。

「そうね。ずっと私達の観光ばかり回っていたからね」

「ふふ。凛《りん》ちゃん。どこか行きたいところない？」

「う～ん。ないことはないけど……」

「凛《りん》。どこでもいいぞ？　お金とか心配しなくて大丈夫だからな？」

「それは知ってる……お兄ちゃんが頑張ったからなのも……だからこそ、行ってみたいところがあるの！」

両手を祈るように重ねた妹は、俺の目を真っすぐ見つめてきた。

「お兄ちゃん！」

「うん？」

「私――お兄ちゃんと一緒にダンジョンに行きたい」

「えええええ!? ダ、ダンジョン!?」

「うん！」

次第に目を輝かせる妹。

けれど、妹はまだ中学生であり、去年までの俺と同じく、ライセンスも付与されていない。

ライセンスがない者はダンジョンに入ることも不可能だ。

「凛《りん》？ 年齢もそうだけどライセンスもないし、入れないよ？」

「え～！ でもお兄ちゃんは入ったんでしょう？ 『絶隠密《おんみつ》』？ ってスキルを使って、最初にダンジョンに入ったって！」

ダンジョンE117に入ろうとした時に、入口を守っている軍人さんに止められている。

それをどうやって潜って中に入ったのかも話してしまったのがいけなかった。

「私……お兄ちゃんがダンジョンでひぃ姉達とどんな風に戦っているのか見てみたいの！ こ

の前、お兄ちゃんがナンパ男達をボコボコにしたところもかっこよかった！　来年まで待てないよ！」

「凛《りん》……」

「それにお兄ちゃんもひぃ姉もしぃ姉も宏人《ひろと》お兄ちゃんも強いんでしょう？」

「いや……俺はそうでもないんだが……」

ひなと詩乃《しの》が妹の左右にやってくる。

「お兄ちゃん～」

二人は凛《りん》の真似《まね》をする。

「詩乃《しの》にひなまで……」

「Eランクダンジョンなら大丈夫だと思うよ？　それに、私とひなちゃんがいれば、ライセンスなしでも入れさせてくれると思うよ？」

「ん？　そうなのか？」

「うん！　Sランク潜在能力者が二人もいるんだし、Fランクでもライセンスなしで一緒に入れてくれると思う」

てっきりライセンスがなければ絶対に入れないと思っていた。

そういや、俺も彼女達と一緒にダンジョンに入る時に、ライセンスを確認されたりはしないもんな。

「わかった。ただ、一つだけ約束してくれ。絶対に勝手に飛び出したり、戦おうとしないこと」

「うん！　約束する！」

「はあ……まさかダンジョンに行くことになるとはな……藤井《ふじい》くんも大丈夫か？」

「僕も大丈夫だよ～念のため武器も持ってきてるから」

「そっか。じゃあ、今日はせっかくだし、恵蘭《えらん》町にあるダンジョンに行ってみようか」

「「うん！」」

詩乃《しの》とひなからダンジョン内で注意しなくちゃいけないことを説明され、正座をして真剣な表情で聞く妹。

俺は藤井《ふじい》くんが渡してくれたスマートフォンを使い、恵蘭《えらん》町にあるダンジョンを調べた。藤《ふじ》井《い》くんも調べようとして、ちょうどアプリを開いていたようだ。

ダンジョンは全部で二つあり、Eランクダンジョンが一つ、Dランクダンジョンが一つだ。

調べが終わったタイミングで説明も終わったようなので、その足で俺達は恵蘭《えらん》町にあるEランクダンジョンに向かった。

辿《たど》り着《つ》いたダンジョンの前は意外にも探索者達で賑《にぎ》わっていた。

俺が普段通っているダンジョンはほとんどが過疎っているのに、ここはかなり大人数の探索者達がダンジョンに出入りしている。

「リーダー！　作戦はどうするの？」

「そ、そうだな。凛《りん》の守りを中心にする。今回は前衛二人と守り二人にして、タイミングを見て交互にチェンジしながら進もうと思う」

「「了解！」」

目を輝かせて見つめる凛《りん》に、少しだけこそばゆい気持ちになる。

誰かに指示を出すって慣れなくて……けれど、特別教育プログラムではそれが功を奏して先輩に勝つことができて得られるものも多かった。

俺が何かを指示しなくても彼女達なら余裕だとは思う。けど、強い彼女達が本来の実力を惜しみなく発揮できるようのびのび活動させられたら一番の理想だ。

作戦を簡単に確認して、ダンジョンの中に向かう。案の定、入口で軍人さんに止められた。

「止まれ」

「は〜い。こちら、探索者ライセンスです」

「どれど……Sランク!?　しかも二人!?」

「はい。友人のキャリーに訪れました」

「ど、どうぞ！」

軍人さんの驚く声に周りの人達の注目も集まったが、相変わらずひなも詩乃《しの》も顔色一つ変えずに、凛《りん》の手を引いて中に入っていく。

俺と藤井《ふじい》くんもその後を追いかけた。

E198の中は、腕くらいの太さがある竹が並んでいる竹林ステージだった。

葉っぱはそう多く生えてないのもあって、青空が見える。自然の竹林って所狭しと生えているのだが、こちらのステージはかなり開かれている。

おそらくEランクダンジョンとして簡単なステージであるからだと思われる。

「ほえ～ここがダンジョン……」

「凛《りん》ちゃん～初めてのダンジョンの世界へようこそ～」

「わい～！」

詩乃《しの》と凛《りん》が可愛《かわい》らしくぴょんぴょんと跳ねる様は、俺達だけでなく、周りの探索者達も微笑《ほほえ》ましく見つめていた。

「でも魔物は凄《すご》く強いから気を付けてね？　きっと日向《ひなた》くんは軽々と倒すと思うけど、それは魔物が弱いんじゃないからね？」

「わかった！」

いや、俺というより詩乃《しの》達が強いから……。

「さあ～行ってみよう～！」

「楽しみ～！」

あれだけ注意されていたのに、まるでピクニックにでも来たかのようなはしゃぎっぷり。

ただ、けっして飛び出したりせずに、俺が動くまで隣から前には出ない。

しっかり者の妹らしいというか、これなら安心できるな。

ダンジョン一層を歩き始めると、前方からのっそりと歩いてくる大きな生物がいた。

姿は狸《たぬき》なのだが、サイズが俺が知っている狸《たぬき》よりも二倍は大きい。全長一メートルは超えそうで、鋭い爪と牙も伸びていて、魔物であることは一目瞭然だ。

「日向《ひなた》くん。私達が先に出ていい？」

「ああ。よろしく頼む」

「任せて！」

相手の強さを知らないため、最初はひなと詩乃《しの》が二人同時に前に出る。

それぞれマジックバッグから武器を取り出して、お互いがぶつからないように左右に分かれて魔物に仕掛ける。

彼女達に反応した狸《たぬき》魔物がキャーと甲高い鳴き声をあげて、詩乃《しの》に向かって前足で反撃をする。

詩乃《しの》が魔物の注意を引いている間に、後ろからひなが刀を振り下ろす。

風を斬る音が響いて、たった一刀で魔物の体が半分に分かれた。

最初こそ口を手で押さえながら視線を外していた妹だったけど、またすぐに魔物を見つめる。

倒された魔物の断面というのは、ダンジョンに入るようになって何度も見ている。だからなのか俺はすっかり感覚が麻痺《まひ》してしまったようだ。

ただ、ここはダンジョン。そんなことで悩んでる場合じゃない。

常に妹の身に危険がないようにスキルを総動員して周りを警戒する。

「日向《ひなた》くん～Eランクらしい魔物だよ～一人でも十分だと思う」

「わかった！」

「じゃあ、ひなちゃん～どっちが凛姫《りんひめ》の前で多く獲物を倒すか、勝負しよう！」

「負けないっ！」

それから凛《りん》を中心に離れすぎず、二人は圧倒的なスピードで駆け回り、狸《たぬき》魔物を狩り始めた。

他の探索者達も彼女達の動きを見て、思わず見惚《みと》れていた。

「しぃ姉もひぃ姉も凄《すご》い！」

「ああ。二人とも凄《すご》く強いからな」

「凄《すご》いね。あの魔物ってそこそこ速いと思うんだけど、一切寄せ付けないのはさすがだね」

そういえば、藤井《ふじい》くんも彼女達の戦いは初めて見るよな。

ふと見た藤井《ふじい》くんは弓を持っていた。白い本体と綺麗《きれい》な弦がとても美しいが、一つ気になるのは、矢筒を持っていないこと。今までダンジョンで見かけた弓使いの探索者達はみんな矢筒を持っていた。矢はマジックバッグからその都度取り出すのかもしれない。

校則でダンジョンに入る時は制服着用が義務付けられていて、ひな達も制服姿だ。

ダンジョンに入る予定はなかったものの、制服は防弾服よりも硬く非常時にも使えるため、基本的にどこに行くにも持ち歩く生徒が多い。ひな達や俺も持ってきていた。

動き回る度に、スカートが風に揺れて、たまに目のやり場に困る。

その一番の理由が、お爺《じい》さんとの稽古で獲得したスキル『注視』。普段は『周囲探索』で周囲を警戒しているのだが、そこに加えて視界での警戒までできるようになった。いや、なってしまった。ひなと詩乃《しの》の動き一つ一つがはっきり見えて、体の動き、衣服や武器の動きも全て目に入ってしまう。

「お兄ちゃん？　顔が赤いけど……？」

「はっ！　な、何でもないよ！」

「……」

何かを感じたのか、妹がジト目で俺を見つめる。

あれだ。ひなも詩乃《しの》も俺が見守らないといけないほど弱くない。二人の強さは間近で見てきたから知っているので、視線を外すように意識を傾ける。

ゆっくりとダンジョンの奥に向かって進む。

景色は変わらないけど、意外にも都会のダンジョンよりも人が多くて、探索者達の戦う姿を見て目を輝かせる妹。

ひなや詩乃《しの》と比べるのはよくないだろうけど、やはり二人の圧倒的な実力で倒す姿は、他の探索者では見ることができない。

みんな三～四人で隊列を組んで、狸《たぬき》魔物の注意を引きながら戦っている。

中には大きな盾を持って攻撃を受けながら、他のメンバーが攻撃をするパーティーもいた。

そう思うと、うちのメンバーはある意味統率が取れていないような気もする。

ひなと詩乃《しの》が強いからこればかりは仕方ないような気も……。

「それにしても人が多いな。意外だな」

「ん？　意外？」

「ああ。いつも俺達が入っているダンジョンって、あまり人がいないから。ボス部屋とかで待っているパーティーは多かったりしたけど……」

「そうかな……？　ここもそんなに多い感じはしないけど……まあ、Eランクダンジョンだと都会よりは人が多いかもね。Eランクダンジョンってあまり行かないからね」

「え～宏人《ひろと》お兄ちゃん？　Eランクダンジョンってあまり来ないの？」

「そうだよ～Eランクだとあまりレベルも上げられないし、素材も格段に高いわけじゃないからね。どちらかと言えば、劣悪な環境のDランクダンジョンが一番稼げちゃうから、目的からしてもEランクダンジョンの需要は少ないんだ」

「ほえ〜でもここはいいんだね？」

「もしかしたら田舎だからかな？　あと、調べた感じEランクとDランクダンジョンが一つずつしかなかったから、Dランクダンジョンはもっと混んでるんじゃないかな？　劣悪な環境じゃなければね」

「そっか……劣悪な環境ってどんな感じなの？」

「う〜ん。うちの高校の近くだと、雪原とかあるよ？　凄《すご》く寒いとこなんだ」

あはは……何だか三週間もダンジョンに行けなくなって懐《なつ》かしさすら感じるD46だな。

ひなと詩乃《しの》のもふもふの服を着ている姿を思い浮かべる。妹が着ても可愛《かわい》いと思う。

「じゃあ、入る時はいろいろ準備しないといけないんだね？」

「うん。だから探索者にとってはマジックバッグが凄《すご》く重宝するんだ。材料費や製作費が高いのもあって、中々買えないからね。ちなみに、さっき言った雪原のダンジョンは、素材の使い道もあまりなくて、安くて人気がないんだ。でもフロアボスの素材は高かったような？」

「そっか……素材の使い道で差も出るんだね」

「それに素材を解体するのも大事なんだ。中には解体や荷物を持ち運ぶのを専門にするポーターって職業もあって、上級パーティーともなるとポーターの存在も凄《すご》く大事だからね。快適に戦うのも大事なのさ」

「ふむふむ……あれ？　お兄ちゃんってポーターの授業を受けたって聞いたけど……」

二人が俺を見つめる。

「ああ。見ての通り、二人は凄《すご》く強いからな。俺にできることをやれたらなと思ってな」

「ひぃ姉達、凄《すご》いもんね〜シュッ〜って飛んで、ひゅっと斬って、すぐ倒してるもんね」

「おかげで換金額も多いんだ。――凛《りん》」

「うん？」

「――納得してくれたか？」

俺の質問に、妹は一瞬ポカーンとして、少し恥ずかしそうに笑みを浮かべる。

「うん……！」

「いつも心配してくれてありがとうな。凛《りん》」

右手を伸ばして妹の頭を優しく撫《な》でてあげる。

優しい妹だ。意味もなくダンジョンに入りたいと言わないことを知っている。

それでも意を決して来たがってたのは、俺が普段ダンジョンに入って何をするのか、メンバー達との関係性やダンジョン内での行動を見ておきたかったんだと思う。

この短期間で妹の優しさを知ったひなと詩乃《しの》だから、今朝の妹を応援したんだと思う。

ひなと詩乃《しの》が魔物をどんどん倒しながら、俺達はより奥に進んだ。

ボス部屋への入口は、竹林にとても似合う鳥居が門になっており、そこに繋《つな》がる石段が数段作られている。

ちょうど入口前を狸《たぬき》魔物が通りかかる。

「日向《ひなた》お兄〜ちゃん！」

詩乃《しの》がいたずらっぽく笑みを浮かべて俺の右手に抱きつく。

「ど、どうしたんだ？」

「せっかくなんだから、お兄ちゃんのかっこいいとこ、見たいな〜」

期待の眼差《まなざ》しで見つめる妹がここに来た理由の一つに、俺がどんな感じなのか見ておきたかったのもあるのだろう。でも危険だから中々言えずにいたようだ。

「わかった」

Dランクダンジョンまでなら俺でも戦える。妹に心配かけないように、俺もダンジョンでやっていけることを見せないとな。

ボス部屋前に鎮座する狸《たぬき》魔物に一気に近づいて蹴り飛ばす。

全力で蹴り飛ばしたからか、魔物が遠くに吹き飛ばされた。

《スキル『魔物分析・弱』により、魔物『ムロ』と判明しました。》

《弱点属性は風属性です。レアドロップは『極小魔石』です。》

「あれ？　お兄ちゃんが消えたと思ったら、魔物が消えたよ？　しぃ姉」

「あはは……凛《りん》ちゃんには消えたように見えたのね。私も目で追うのがやっとだったわよ？

えっとね、これがこうなって、あれがああなって」

詩乃《しの》が妹に何かをコソコソと伝えると、妹は大きく目を見開いた。

「さあ～！　次はフロアボスね。また日向《ひなた》お兄ちゃんの活躍が楽しみ～！」

詩乃《しの》に背中を押されてボス部屋に入った。

ボス部屋は、D46と同じタイプの待機場からボス部屋に入る仕組みになっている。

待機場には外同様に多くの人が中央の通り道を除いて、周りにレジャーシートなどを敷いて、
のんびりと時間を過ごしていた。

「人がいっぱい～」

「ここは待機場だね」

「ボス部屋に再度入る待ち時間だよね？」

「そう！　凛《りん》ちゃんは賢いね～」

詩乃《しの》に頭を撫《な》でられてご機嫌になる妹。

ダンジョンの説明なんて今朝さらっと聞いただけで、それらを全部覚えてしまうんだから自慢の妹ではある。

それだけ妹もダンジョンに対して向き合おうとしてるんだな。

ひなの銀色の髪や整った顔立ちはどこでも目立っているのもあるが、それに負けじと可愛《かわい》い詩乃《しの》。その間に二人と手を繋《つな》いで歩く妹も負けず劣らず可愛《かわい》い。

毎日一緒に過ごしてきた妹だからこそ気付けなかったけど、二人と並んで歩くとますます彼女の可愛《かわい》さが際立《きわだ》つ。

ただの妹バカではなく、俺が他人だとしても同じことを思うはずだ。

それを示すかのように待機していた探索者達の視線が凛《りん》達に集まる。

中にはひそひそとどの子が一番好みかなんて話してるパーティーもいた。

空いた中央の通り道を歩いてボス部屋に入る魔法陣の上に乗る。

景色が変わり、夜の竹林ステージが現れた。

空には満月が浮かび上がっており、広いスペースを囲うように竹がぐるっと生えている。

ここがボスと戦うステージだと示しているようで、俺がよく通っているＥ90のボス部屋と同じ構造になっている。竹が壁の代わりになっているだけだ。

その気になれば、乗り越えて後ろに進める気もするけど、それをするメリットはなさそう。

ボス部屋の中央には、ひときわ巨大な熊が仁王立ちしていた。

巨大熊の前に立つと、赤い目を光らせて鋭い視線で俺を睨《にら》みつける。

「グルァアアアアアア‼」

音圧だけでもここまで届く。

「しぃ姉……？　本当に大丈夫かな……？」

「うん。大丈夫。日向《ひなた》くんは凄《すご》く強いから」

後ろから妹の声が聞こえてきたが、ひなと詩乃《しの》、藤井《ふじい》くんがいれば守りは安心できる。

背中を任せるのとはまた違う感覚。守りたい人を守ってもらえているという安心感。

思い出すのは初めて入ったダンジョン。ティラノサウルスとの戦いだったり、死にかけたりしたけど、帰るべき場所があったから生き残ることができた。その場所こそが妹であり、家族の下だ。その居場所を信頼できる仲間が守ってくれる。これが……仲間というものなんだな。

一気に加速して、巨大熊の足元から全力で蹴り上げる。

バゴーンという音と強烈な衝撃波が周りに広がり、竹が凄《すさ》まじい勢いで後ろに倒れていく。

今までならただ叩《たた》くだけだったけど、武術をより使えるようになったことで、相手を吹き飛ばさずに体内にダメージを与える攻撃が成功した。

巨大熊がその場で倒れ込む。

《経験により、スキル『武術』が、『武王』に進化しました。》

《スキル『魔物分析・弱』により、魔物『メリナ』と判明しました。》

《弱点属性は風属性です。レアドロップは『熊胆丸《ゆうたんがん》』です。》

「お兄ちゃん〜！　かっこいい‼」

後ろから妹の声が聞こえる。

手を振ってすぐに魔物をマジックバッグに入れるフリをしながら素材解体を同時に行う。

そういえば、今まで俺の力になってくれた『武術』が進化した。ただ使うだけじゃなくて、目線だったり、いろんなことを試して進化してくれたのは嬉《うれ》しい。

これも先日のお爺《じい》さんとの稽古のおかげで、感謝するばかりだ。

ひなも詩乃《しの》も妹も凄《すご》く喜んでくれて今日のダンジョンでの狩りは終わりを迎えた。ただ、藤《ふじ》井《い》くんだけが目を丸くしていた。

フロアボスを倒してから待機場に出て、そのまま外を目指す。

出る際も多くの探索者達がひな達に視線を奪われていた。

一層に戻って入口を目指していた時、前方から見覚えのある男達が悪態をつきながらこちらに向かって歩いてくる。

「くそ、あんなちんちくりんのせいで罰金とかクソかよ！」

ここまで聞こえるくらい大きな声を上げる。そんな姿に周りの探索者達も冷ややかな視線を彼らに送っている。

「あの人達……」

「この前のナンパ男だね」

「……ちんちくりんって、もしかして日向《ひなた》くんのことかな？」

ひなの体から溢《あふ》れる冷気がより強まる。こんなに怒るひなは久しぶりに見る。

やがて歩いてきた男達と対面した。

「ん？　こいつら……あの時の！」

「……」

「ちっ。てめぇら……！　この前は油断したが、今度こそぶっ殺してやる！」

男達は躊躇《ちゆうちよ》なく武器を抜いた。

急いで前に立つひなと詩乃《しの》を守ろうと前に出ようとした時、ひなに止められた。

「日向《ひなた》くん。絶氷融解《ぜつひよう》を止めてくれる？」

いつもなら穏やかなひなが、静かに怒りを露《あら》わにする。

言われた通り、彼女の周りの絶氷融解《ぜつひよう》を解除した。

武器を抜いた男達の前に歩いていくひな。それと同時に地面が凍り付いていく。

冷たい気配――――それだけじゃない。彼女から伝わってくる圧倒的な冷徹な気持ち。冷気は感じなくても彼女が目に入るだけで感じてしまうくらい。

一緒に見守っていた凛《りん》は、俺の左腕を摑《つか》む。微《かす》かに震えているのを感じる。

「大丈夫。ひなが優しいのは凛《りん》も知っているだろ？」

「う、うん……」

最初こそ敵意むき出しだった男達だが、絶氷《ぜつひょう》を放つひなを肌で感じたからか、顔が青ざめて一歩ずつ後ずさっていく。

「な、何だよ！　こ、こいつらやべぇぞ！」

「ひぃいいい！」

男達はその場で武器を投げ捨てて逃げ去っていく。後ろ姿だけ見れば間抜けに見えてしまうけど、今のひなから感じられる冷気は、それくらい恐ろしいものだ。向けられなくても仲良くしていた凛《りん》が怖がるほどに。

「ひな」

俺の声に応えるように無表情でこちらを見つめるひな。

彼女が氷姫《こおりひめ》と呼ばれている所以《ゆえん》。感情を押し殺した無表情さ。でも今の彼女は感情を露《あら》わにしている。怒りという感情を。

そんな彼女に俺はゆっくりと近付いていく。

「どうしたんだ？　そんなに怒って」

「あの人達……自分達が悪いのに日向《ひなた》くんが悪いみたいに言って……」

「怒ってくれてありがとうな。ひなが仲間を守ろうと力を使ってくれて嬉《うれ》しいよ」

それでもまだ興奮しているのか、冷気が収まる気配はない。

俺と一緒にいる時はよく笑うようになって、その時も冷気は放たれるけど嫌な感じではない。けれど、今の彼女から溢《あふ》れる冷気は誰かを攻撃するような冷徹さを感じさせる冷気だ。

ゆっくり右手を伸ばして、ひなの頭を優しく撫《な》でてあげる。

「日向《ひなた》……くん？」

「さあ、あんな連中のことはもう忘れて帰ろう」

光が消えていた目に段々色が付き、冷気が収まった。

俺とひなの間に笑顔の詩乃《しの》が割って入ってくる。

「帰ろう～！　今日はこれから楽しいことも待っているんだし！」

「そ、そうだね」

詩乃《しの》の天真爛漫《てんしんらんまん》な笑みに、ひなも無表情から微笑《ほほえ》みに変わっていく。

ふと、魔物を見て怖がっていた妹が気になって、静かにしている妹をちらっと見つめる。

まだ怖がっているのかと思ったら、妹が食い入るように見つめていたのは、ひなから溢《あふ》れ出《で》た絶氷《ぜつひょう》。

じっと見つめながら表情には出さないまでも、心臓がはねているような、そんな表情で見つめていた。

「凛《りん》……？」

どこか冷たいような、ひなの無表情な目と同じ目が俺に向く。

目と目が合うと、妹の目にすぐ光が灯《とも》る。またいつもの柔らかい表情を浮かべてくれた。

「日向《ひなた》くん〜置いていくよ〜？」

遠くから詩乃《しの》が手を振りながら俺達に向かって声をあげた。

「凛《りん》。行こう」

「うん！」

妹は小走りでひなの隣に走っていき、俺と藤井《ふじい》くんは後を追いかけた。

◆

外に出ると日が暮れ始めていた。

「う〜汗掻《か》いちゃった……」

不満を口にする詩乃《しの》。

それに気のせいかわからないけど、ひなも凛《りん》も俺と藤井《ふじい》くんとの距離を取っている。

一歩近付くと、三人も一歩離れる。

「みんな……？　どうかしたのか？」

「な、何でもないよ！　さあ、すぐに帰ろう～！」

「？」

するとと藤井《ふじい》くんが小さい声で耳打ちをしてくれる。

「ほら、ダンジョンでいっぱい動いたから汗掻《か》いてしまったでしょう？　女子ってそういうところも気になるからね？」

「あ～そういうことか。そんなことなら言ってくれればいいのに。みんなちょっとこっちに来てくれる？」

ここでは人の往来が多いので、建物の裏の人気《ひとけ》のないところに向かった。

着いて早々に俺は三人娘目掛けて右手を出す。

「――――スキル『クリーン』」

三人の体に無色の泡が現れて包まれる。

みんな驚いていたけど、素直に受け入れてくれた。

「日向《ひなた》くん……？　これは何？」

「クリーンというスキルで、風呂《ふろ》に入ったみたいに体が綺麗《きれい》になるんだ」

「⁉　やっぱり日向《ひなた》くんって便利ね……」

「あはは……そういうことで困ったらすぐに言ってくれ」

そういえば、ひなは絶氷《ぜつひょう》のおかげで汗は掻《か》かないと言っていたけど、何となく詩乃《しの》達の雰囲気に合わせたのかな？

詩乃《しの》は藤井《ふじい》くんに何かを一生懸命に話しながら、家に戻った。


家に着く頃にはすっかり暗くなっていた。

連休は明日までだが、帰省した人や旅行に訪れた人達は明日には戻るため、今日は花火が打ち上がる。

会場方面は人が非常に多い上に、母さんが夕飯を用意してくれているので家に帰ってきたのだ。

「家だとちょっと遠かったな」

「うん……」

花火をみんなで見られると楽しみにしていた妹は、思っていたよりも遠い会場に少し落胆した様子。それに気付いたのか、詩乃《しの》がとある場所を指差す。

「日向《ひなた》くん。あそこなら花火もよく見えるんじゃないかな？」

「あそこって……こんな日暮れから？」

彼女が指差したのは、近くの山の上だ。たしかに山の上なら花火も綺麗《きれい》に見えるだろうけど、すっかり暗くなっていて山道が危ないのではないか？

「えっ？　走っていけばすぐでしょう？」

「えっ？」

「？」

「は、走っていく……？」

「凛《りん》ちゃんは日向《ひなた》くんが抱いていけばいいし、藤井《ふじい》くんも問題ないでしょう？」

「たぶん大丈夫かな？　もしもの時はゆっくり追いかけるよ」

「よし〜決定〜じゃあ行こう！　おばさんは私が〜！」

「若者達だけで行ってきなさい。私はここで十分よ」

「向こうの方が綺麗《きれい》に見えると思いますよ？」

「ええ。でも私はここで十分よ。ありがとう。詩乃《しの》ちゃん」

そう言われた詩乃《しの》は少し照れた笑みを浮かべて、ひなと妹の手を引いてみんなで家を出た。

走っていくって……本当に大丈夫なのか？

「さあ、走るわよ〜！」

詩乃《しの》が飛び出し、後ろをひなと藤井《ふじい》くんが追いかける。

このままでは置いていかれそうなので、急いで妹をお姫様抱っこして追いかける。

「お、お兄ちゃん⁉」

「凛《りん》。怖い時は目を瞑《つぶ》っててていいからな」

「う、うん……」

俺の肩に頭を寄せた妹からシャンプーの良い香《い》りがふんわりと広がる。

そういえば、妹をこうして抱っこするなんて何年ぶりだろうか。

「日向《ひなた》くん～ここからは、上から行くからね～」

そう話した詩乃《しの》は――――まさかの、森の中ではなく、木々の上を跳んでいく。

身軽というか、木々の上部を跳んで山の上に登っていく。

まあ、俺でもできるくらいだから詩乃《しの》達ができるのは当然なんだろうけど、いつもなら絶隠《おん》密《みつ》と愚者の仮面で走るから、普段のままでこういう走り方をするのは慣れないな。

木々の上を飛び跳ねて進んでいる間も花火は大きな音を鳴らしながら夜空に咲いた。

最初は怖そうにしていた妹だが、音に釣られてそちらに目を向けると、釘付《くぎづ》けになる。

「綺麗《きれい》……」

妹が満足してくれるなら、ここに来た甲斐《かい》があったというものだ。

いつもの感覚では山を登るのに数時間はかかるイメージだが、木々の上を走ってみると十分もかからないで山頂に着いた。

詩乃《しの》にせがまれて『異空間収納』から椅子やらテーブルやら飲み物やら食べ物やらを取り出して、誰もいない山頂で五人だけのキャンプを開く。

すぐに目の前に大きな音を響かせて美しい花火が咲いた。

「お兄ちゃん～！　花火だよ～！」

「そうだな！」

家族だけでなく、仲間達と一緒に過ごす時間がとても楽しくて、暗闇の空を眩《まぶ》しい光が照らしてくれて、その度に笑顔の仲間達の顔が見える。

「お兄ちゃん」

「うん？」

「良《い》い仲間ができたんだね」

「ああ。最高の仲間達だよ」

「うん。これなら私も安心して待ってられるかな～」

「凛《りん》……ありがとうな。ずっと心配してくれてありがとう」

「ううん。お兄ちゃんなら絶対に大丈夫だと信じてた！」

「本当か？」

「嘘《うそ》！　ちょっとだけ信じてた！」

「ちょっとだけかよ！」

「えへへ～」

「凛《りん》こそ、俺のせいで友達と遊べなかったけど、大丈夫だった？」

「うん！　最近は毎日いろんな友達と遊んでるよ～」

「それはよかった……まさか男友達もいるのか？」

「え～？　う、うん。そりゃいるにはいるかな……？」

「そ、そっか。その……彼氏とかできたらちゃんと報告してくれよな？」

「彼氏なんていらないよ？」

即答する妹に思わず苦笑いが浮かんでしまった。

「お兄ちゃんこそ、彼女できたらちゃんと言ってね」

「か、彼女⁉」

「ひぃ姉としぃ姉。どっちが好きなの？」

「どっちが好き⁉　い、いや……そういうのじゃない……よ？　だって仲間だし」

「ふう～ん。まあ！　今はということにしておいてあげる」

「あはは……」

妹には勝てないな。

最後の大きな花火が夜空を彩《いろど》って、連休の終わりを告げた。

新規獲得スキル

フェイト			
	愚者の仮面		

アクティブスキル			
	周囲探索	手加減	
	スキルリスト	念話	
	魔物解体	ポーカーフェイス	
	異空間収納	威嚇	
	絶氷融解	フロア探索	
	絶隠密	クリーン	
	絶氷封印		
	魔物分析・弱		

パッシブスキル			
	異物耐性	武王	睡眠効果増大
	状態異常無効	緊急回避	視覚感知
	ダンジョン情報	威圧耐性	注視
	体力回復・大	恐怖耐性	絶望耐性
	空腹耐性	冷気耐性	
	暗視	凍結耐性	
	速度上昇・超絶	隠密探知	
	持久力上昇	読心術耐性	
	トラップ発見	排泄物分解	
	トラップ無効	防御力上昇・中	

Fate

Active skill

第7話　姉と兄

レベル0の無能探索者と蔑まれても実は世界最強です2
～探索ランキング1位は謎の人～

帰りの列車の中。

今回も当然のように高級個室に案内された。

「凛《りん》ちゃん可愛《かわい》かったなぁ……」

「妹に欲しいよね」

「そう！　やっぱりひなちゃんもわかってくれる⁉」

「妹はやらんぞ～」

「え～うちのバカ兄と交換してよ～」

「それはちょっと……」

個室が笑いに包まれる。

長い連休が終わり、俺達は実家から誠心《せいしん》町に戻る。

見送ってくれる妹は意外にも最後まで笑顔で、また来てね～と大きく手を振ってくれた。

何だかあっという間に終わった連休。こんなにも楽しい連休は人生初めてかもしれない。

それに家族だけじゃなくて、こうして仲間達と仲を深めることもできた。まだ藤井《ふじい》くんは仮加入という形だが、これからお互いを知っていけば、パーティーメンバーになれると思う。

「みんな？　明日からさっそくダンジョンに行くことになるけど、問題ないか？」

「「は〜い」」

「みんなについていけるかちょっと不安になってきたよ……」

「藤井《ふじい》くんなら大丈夫じゃない？」

「あはは……神威《かむい》さんと神楽《かぐら》さんはともかく、日向《ひなた》くんがあんなに凄《すご》いとは思いもしなかったかな」

「俺？」

「藤井《ふじい》くん。日向《ひなた》くんはあんなもんじゃないから。覚悟しておいてね」

俺……何か凄《すご》いことをしたのか……？　詩乃《しの》達の方がずっと凄《すご》いと思うんだけどな……。

また三時間ほどの列車の旅。その時間もあっという間に感じるくらいに楽しい旅だった。

駅に着いてすぐに別れる——とはいかず、その足で神威《かむい》家に向かう。

藤井《ふじい》くんは別の予定があるからと一足先に帰った。

久しぶりに神威《かむい》家を前にすると、その広大さを改めて感じる。しばらく実家で暮らしていたのもあって、より感じてしまう。

「おかえりなさい」

「ただいま」

「「お邪魔します」」

ひなのお母さんが出迎えてくれた。

すぐにお土産を渡して、ひなはおばさんと一緒に違う部屋に向かいながら楽しそうに話している。俺と詩乃《しの》はいつもの茶の間に向かう。

その時──茶の間から何か得体の知れない凄《すさ》まじい気配を感じ取った。

詩乃《しの》も気付いたようで、少し強張《こわば》った表情で一緒に茶の間に入る。

そこに鎮座していたのは、先日テレビで見かけた燃えるような赤い髪の女性で、不愛想《ぶあいそ》な表情で正座をして俺達を睨《にら》んでいる。

「……ん？　貴様は……神楽《かぐら》の娘だな」

あまりの迫力につい念話を忘れていると、詩乃《しの》が俺を指でつついてくれてすぐに念話を送る。

「はい。神楽詩乃《かぐらしの》です。お久しぶりです。神威朱莉《かむいあかり》さん」

「……貴様に挨拶される筋合いはない。どうして我が家に貴様がいる」

何故《なぜ》か敵対心丸出しで睨《にら》みつけてくる彼女から、強烈な威圧感が伝わってくる。

このままでは詩乃《しの》の身が危険に晒《さら》されると思って、自然と体が動いた。

鋭い視線が、詩乃《しの》を遮った俺に向く。

「貴様は……？」

「鈴木《すずき》日向《ひなた》といいます」

「貴様は何者だ？」

「ひなたさんと、こちらの詩乃《しの》さんとパーティーを組んでいるメンバーです」

「ひなたが……パーティーだと？」

より鋭くなった視線からは、怒りが伝わってくる。底知れぬ怒り。彼女が何に怒っているのかはわからないが、純粋な怒りが感じられた。

このままではまずいと思ったその時、聞き慣れた声が廊下に響いた。

「お姉ちゃん！」

刺すような殺気が途端に消え去り、重苦しかった空気から一気に解放された。

「ひなた。おかえり」

「ただいま。それとお姉ちゃんもおかえり～」

そう言いながら笑顔を見せるひなに彼女の目が大きく見開かれる。

「ひ……なた？　いま……笑ったのか？」

「うん？　まだお母さんから聞いていないかな？　こちらの日向《ひなた》くんのおかげで、冷気を止めてもらえてるんだ」

驚いた表情で今度は視線を俺に移す。

「俺の力でひなが出す冷気を止めているんです。ある範囲内なら効くので、俺が周囲にいる時は自由にできています」

「……ひなたがいなかった理由はそれだったか」

「朱莉《あかり》ちゃん～どう？　驚いた？」

ニヤニヤするおばさんがやってきて、ひなの姉さんは大きな溜息《ためいき》を吐《つ》いた。

「お母様。それならそうと早く言ってください。その二人を燃やすところでした」

「それは絶対にダメよ？　日向《ひなた》くんも詩乃《しの》ちゃんもひなの大事な友人だからね？」

「なるほど……名前が一緒だからひなたをひなと呼んでいるのか」

「は、はい」

「……」

静かに目を瞑《つぶ》った彼女は、何かを考え始めたようだ。

それに構わなくていい、と俺達も座るように促されて席に座り込む。

「日向《ひなた》と言ったな？」

「は、はい！」

「……うちのひなたをよろしく頼む」

「はいっ」

ゆっくりと開いた赤い瞳と目が合う。

その瞳から、さっきの怒りとは違い、とても優しい気持ちが見える。

「もし私の力が必要ならいつでも言ってくれ」

「あ、ありがとうございます」

さっきの迫力が脳裏に焼き付いているせいか、まだ朱莉《あかり》さんに対して普通に接するのが難しい。詩乃《しの》もそのようでチラチラと彼女を見ている。

「それはいいとして、どうして神楽《かぐら》家の娘がうちのひなたと？」

「詩乃《しの》ちゃんは私と日向《ひなた》くんとパーティーを組んでいるよ？」

「ひなた……彼女はあの神楽《かぐら》家の娘だぞ」

「お姉ちゃん……」

最近は慣れてきたけど、神威《かむい》家と神楽《かぐら》家は犬猿の仲だと聞いているし、最初詩乃《しの》がやってきた時もそうだった。それを再度確認した。

ひなも再度その事実を確認して悲しそうな目を浮かべた。

次の瞬間――

「このバカ孫娘！」

隣からいきなり現れたお爺《じい》さんの本気の横蹴りが朱莉《あかり》さんに向けてさく裂する。

それをさも当然のように右手だけで軽々と受け止めると、ドガーンという音と衝撃波が周囲に広がってひなの綺麗《きれい》な銀色の髪が大きくなびいた。

「お爺様《じいさま》。お久しぶりでございます」

「久しぶりじゃの！　さらに腕を上げたようじゃな」

「……お爺様《じい》も強くなられてるのか？」

「おうよ。最近知り合った若者に強いのがいてのぉ」

「なるほど。誰かは大体予想がつきます」

「うむ！　それはそうと、朱莉《あかり》よ」

「はい」

「神楽《かぐら》の娘はもはや敵ではなく、ひなたの友となったのじゃ」

「お爺様《じい》まで……何を考えておられるのですか。あの神楽《かぐら》家とわかり合えるはずがありません」

「神楽《かぐら》家とはそうかもしれぬが、ここにいる神楽詩乃《かぐらしの》という娘はそうとも限らないぞ」

「ですが、彼女の中には神楽《かぐら》の血が流れています」

「知っておるわい」

溜息《ためいき》を吐《つ》きながら席に着くお爺《じい》さん。蹴りを防いだ朱莉《あかり》さんの右手が腫れているのがわかる。

お爺《じい》さんの小さな体からあんなに強烈な蹴りが出せるなんて……やはり体の大きさだけが全てではないんだな。

もしかしてお爺《じい》さんのレベルが高いから……？

それもある気がする。でもはたしてそれだけであれだけ強いのか……？　今の俺はあれを箇単に防ぐことができるのか？

そんなことを思っていると、お爺《じい》さんはおばさんが出してくれたお茶を一口飲んで、ゆっくりと詩乃《しの》に視線を移した。

「儂《わし》が若い頃は、そりゃ神楽《かぐら》家の者達とは戦っておったわい。今の神楽《かぐら》家の者に戦える奴《やつ》がいないのも、全部儂《わし》のせいじゃ」

「お爺《じい》様のせいではありません。お爺《じい》様の偉業です。神威《かむい》家と神楽《かぐら》家の長い歴史において、両家の間でこんなにも戦力が傾いたことはありません。お爺《じい》様の代のみです」

「そうじゃな。だが……それでどうなった？　孫娘よ」

「…………」

「儂《わし》が神楽《かぐら》家の者達を全員ひれ伏させて何が変わった？　相変わらず太陽が昇り、夜になると月が昇り、星々は変わらない輝きを放つ。人々は変わらず、それぞれの国は相変わらず戦いをやめない。探索者となった者は夢を追ってダンジョンに挑み続け、その命を散らす」

お爺《じい》さんが話す言葉一つ一つから深い悲しみの感情が伝わってくる。

長い年月を費やして戦いに明け暮れた人が、ふと自分の足元にある屍《しかばね》の数に気付いた時、きっと大きな虚無感を覚えてしまうんだろうと思う。

何故《なぜ》そういう風に思えるのか今の俺にはわからない。でもお爺《じい》さんが辿《たど》り着《つ》いた答えに俺なりに向き合いたいと思えた。

「我が家が武家として日本の頂点に君臨した。その結果、何を得たのか……儂《わし》には疑問しか残らぬ。昨今、外国での戦争も多く、我が国への脅威も増えた。儂《わし》が……神楽《かぐら》家の武を志す者達の心を折り、強大な力をそぎ落として我が国に何をもたらしたというのか。儂《わし》は今でも疑問なのじゃ」

「おじいちゃん……」

「だが、儂《わし》の心配など世界の流れにとってはただの小石のように、神楽《かぐら》家から強者が生まれ育った。血を血で洗うより、お互いに背中を合わせて生きた方が賢明ではなかったのか、そう思うようになったのじゃて……ただ、儂《わし》にはとても成し得なかった神威《かむい》家と神楽《かぐら》家を繋《つな》げた者が現れた。儂《わし》はそれを――運命だと思うのじゃ」

ひなが手を伸ばして詩乃《しの》の手を握る。

「孫娘よ。仲良くしろとは言わんし、あの男と対立するのをやめろとは言わん。だが、ひなたが進む道を我々が邪魔するものではない。ひなたと神楽《かぐら》の娘。二人がこの先どうなるのか、我々は見守って応援してやるべきじゃと思うのだ」

「…………」

拳を握りしめる朱莉《あかり》さんはまだ納得いかなそうにしている。ただ、詩乃《しの》の手を握り、笑顔になったひなを見て、詩乃《しの》に対する敵対心が薄まった。

「はいはい～難しい話はそこまでにしましょう。そろそろあの人も帰ってくるし、久しぶりに家族揃《そろ》って食事をしましょう。朱莉《あかり》ちゃん？　ひなちゃんもちゃんと食べられるようになったのよ？」

「それも彼のおかげですか？」

「ええ。彼のおかげでずいぶんとひなは自由になったわ。それに制限はあるけど、ひなもお風《ふ》呂《ろ》に入れるようになったし、今日は二人一緒に入ったらいいわよ」

「お姉ちゃん！　詩乃《しの》ちゃんも一緒に……」

「……わかった」

「お姉ちゃん……！　ありがとう」

「……ひながそれでいいなら私は応援しよう。それが、宿敵である神楽《かぐら》家の者だとわかっていてもな」

彼女の中で何か踏ん切りがついたようで嬉《うれ》しい。

それにしても朱莉《あかり》さんはずいぶんとひなを溺愛しているようで、ひなを見ている時の目は優しさそのものだ。

二人がどれだけ仲良し姉妹なのかがわかる。

別れてまだ一日も経《た》っていないが、妹のことが愛《いと》おしいな……。

「ただいま」

廊下から姿を見せた大柄な男性――ひなのお父さんも帰ってきた。

「おかえりなさい！」

「ひなたもおかえり。朱莉《あかり》も久しぶりだな」

「ただいま戻りました。お父様」

「うむ。相変わらず仕事は大変なようだな」

「最近外の動きがいろいろ怪しいですが……表立って動いている感じはしません」

「そうか。力が必要な時はいつでも連絡しなさい」

「はい。心強いです」

みんないつもの席に座る。

部屋を正面に見て、右側に神威《かむい》家の家族、左に俺やひな、詩乃《しの》が座るのがいつもだったが、もう一つ空いていた左側の席に朱莉《あかり》さんが座る。

彼女がいつでも帰ってこられるように席を空けていたんだな。

まだ少し早いが夕飯が運ばれてきて、テーブルに並ぶ。

いつも豪勢なのに、今日はより豪勢なものが並んだ。きっと藤井《ふじい》くんが見たら目を輝かせるだろうけど、その姿を見られないのが少し残念だ。

食事が始まると、意外にもひなが楽しそうに旅行であったことを話す。

普段は詩乃《しの》が主に話してそれに俺達が答える形なので、饒舌《じょうぜつ》に喋《しゃべ》るひなを見るのは、意外にも初めてのことだ。

彼女はまるで童心に帰ったかのように笑顔を絶やすことなく話し続けた。

それらを聞いている朱莉《あかり》さんもお爺《じい》さんも、普段とは違い薄《うっす》らと笑みを浮かべて聞いている。

お爺《じい》さんの昔話や朱莉《あかり》さんの雰囲気から、神威《かむい》家は武家として格式を重んじているのが見て取れる。でもひなが絶氷《ぜつひょう》の力によって普通の生活ができなくなったことで、ある意味家族の意志を一丸にするきっかけになったのかもしれない。

ずっと緊張しっぱなしだった詩乃《しの》も段々打ち解けて、いつものような笑顔を浮かべるようになり、旅での出来事を話すひなに相槌《あいづち》を打ちながら、会話を盛り上げてくれた。


夕飯を食べ終えると、朱莉《あかり》さんに連れられ道場にやってきた。

「ひなた。入学してからダンジョンに潜っているんだな？」

「うん」

「ということは、レベルが上がってるな？」

「そうだね」

「……その力を見せてみろ」

「わかった。お姉ちゃん」

ひなと朱莉《あかり》さんが対峙《たいじ》する。ひなは木刀を、朱莉《あかり》さんは素手のままだ。

俺はお爺《じい》さんと詩乃《しの》と並んで道場の端で正座をして二人を見守る。

「はじめ！」

朱莉《あかり》さんの号令で、ひなが全力で飛び出す。

瞬《まばた》きをする暇すらない短時間で一気に距離を縮めたひなは朱莉《あかり》さんの視界の死角となる部分から木刀を振り上げる。

左腕で直接木刀を受け止められると次の動きをするひな。それに少し遅れて衝撃波と強烈な音が道場に響き渡る。

強いとは知っていたけど、ひなの華麗な動きに目を奪われる。

今までは対魔物なのもあったり、ほとんど一撃や短時間で倒していたが、こうして強い人を相手にする姿は見たことがない。

たった数分で何百という凄《すさ》まじい打ち合いを見せた二人だった。

一度距離を取った時に朱莉《あかり》さんの視線が俺に向いた。

「日向《ひなた》。ひなたの冷気を今でも止めているんだな？」

「はい」

「それは止めると冷気が広がるんだな？」

「はい」

「この道場から冷気を外に漏らさず、かつお前達の身を護《まも》ることは可能か？」

「できると思います」

「いいだろう。それをやってくれ。ひなた。全力でかかってきなさい」

「お姉ちゃん……」

「今の絶氷《ぜつひょう》の力を見せてみなさい」

「うん！」

ひなの合図に合わせて全開にしていたスキル『絶氷融解《ぜつひょう》』を、部分的に使う。道場の壁と俺、詩乃《しの》、お爺《じい》さんに集中する。

その瞬間、ひなの体から凄《すさ》まじい白銀の世界が広がる。

美しい氷、だがその圧倒的な力は見た者を絶望に誘うかのように冷たいものだ。

「絶氷《ぜつひょう》……これほどまでに強力なものに成長するか……」

隣のお爺《じい》さんが小さく呟《つぶや》いた。

氷が朱莉《あかり》さんを覆う。それを見たひなの顔には心配の表情が浮かんだ。

しかし、次の瞬間、朱莉《あかり》さんの全身から絶氷《ぜつひょう》ですら溶かすほどの真っ赤な炎が燃え上がる。

もし周りに絶氷《ぜつひょう》がなければ道場はすぐに灼熱《しゃくねつ》地獄になったに違いない。それほどまでに朱《あか》莉《り》さんから溢《あふ》れる炎は全てを燃やし尽くすようだ。

「ひなた。私の心配とは……まだまだだ」

「はいっ！」

今度は絶氷《ぜつひょう》の力を全面的に出したひなと、炎の力を出した朱莉《あかり》さんがぶつかる。

ひなの剣術に呼応するかのように絶氷《ぜつひょう》は無数の鋭い氷柱《つらら》となり、朱莉《あかり》さんを四方八方から突き刺す。

「小僧。あの氷柱《つらら》からひなたの意志を感じるかの？」

「いいえ。勝手に攻撃しているように見えます」

どこか攻撃にムラがある。ひなの攻撃に勝手に合わせているだけ。一瞬のラグともいうべきタイムロスが生まれる。二人のような強者ならたった一瞬の時間が命取りとなるのがわかる。

強者同士の戦いなんて初めて見るはずなのに、手に取るようにわかる。

「ひなたの絶氷《ぜつひょう》の力は、あの子を守ろうとはするが従わない。ひなたの意志も反映されないのじゃ。ただ感情を出さなければ動くことがないだけでのぉ」

ひなの視線、朱莉《あかり》さんの視線、体の動き、息遣いの間隔、二人の特別な力、剣術、武術、目の前で起きるその全てがまるでスローモーションのように俺の脳裏に焼き付く。

三分。

道場内には蒸発した絶氷《ぜつひょう》の水滴が天井いっぱいに広がって、ポタポタと落ちて水たまりができている。

今まで溶けた絶氷《ぜつひょう》は一度も見たことがないので驚きだ。俺が使う絶氷融解《ぜつひょう》は氷自体を分解して消してしまうため水たまりなどできない。

荒く息を吐いているひなとは対照的に、朱莉《あかり》さんは赤子の手をひねるかのような余裕のある表情でひなを見下ろす。

「いいだろう。ここまで」

「は、はいっ！　あ、ありがとう……ございました!!」

すぐに深々と頭を下げたひなの銀色の髪の隙間から汗なのか水滴なのかわからないものが落ちる。

朱莉《あかり》さんが炎を引っ込めると同時に俺もスキル『絶氷融解《ぜつひょう》』を使い全ての冷気を消す。

さっきまでの地獄絵図から何もなかったかのように平穏な道場に様変わりした。いや、元通りになった。

「私、息をするのも忘れて見てしまったよ」

「俺もだ。二人の戦い、学べるものが多かったよ」

「神楽《かぐら》家が昔神威《かむい》家とあった決戦は酷《ひど》い有様《ありさま》だったと聞くけど、少しわかった気がするよ。私

……負けないように強くなりたいと思った」

「ああ……俺も負けないように強くなりたい」

正直に言えば、俺みたいな『レベル０』なんかに何ができるのかわからない。

ここにいる俺以外のみんなは、強大な才を持ち、努力を惜しまずに精進してきたのはわかる。

それを俺なんかが超えられるなんて思わない。

でも――

「日向《ひなた》。神威《かむい》家の道場はいつでも空けておく。いつでも使っていいぞ」

「お爺《じい》さん……ありがとうございます」

「うむ。あといろいろ教えてほしければ、ひなたと婚約でもするのじゃよ」

「おじいちゃん!!」

聞こえていたのか道場にひなの焦《あせ》った声が響き渡った。


部屋で俺と詩乃《しの》の二人きりになっている。

「よかったのか？　詩乃《しの》」

「うん。今日は久しぶりに姉妹水入らずで入ってほしいからね」

詩乃《しの》も連れて風呂《ふろ》に入ると言っていたひなだけど、詩乃《しの》から久しぶりに姉妹でってことで、ひなの風呂《ふろ》が終わるまで俺と詩乃《しの》で待つことに。

「日向《ひなた》くん」

「ん？」

「『クリーン』かけて～」

「はいよ～」

詩乃《しの》に手をかざすと、スキルが発動する。

気持ちよさそうに目を瞑《つぶ》って無色の泡を受け入れる詩乃《しの》。たった数秒で全身が綺麗《きれい》になった。

「ありがとう〜！　日向《ひなた》くん！　やっぱり一家に一人は日向《ひなた》くん欲しいよね〜」

「あはは……俺みたいなレベル0がいても困るだけだと思うんだけど……」

「むぅ……またそんなこと言って……」

また怒らせてしまったようだ。

自分自身にも『クリーン』を使い、汗ばんだ体をスッキリさせる。

「それにしても今日の二人の稽古は凄《すご》かったね」

「ああ。本当に凄《すご》かった。ひなも何だか最初に見た時より強くなった気もしたかな？」

「……そうだね。ダンジョンで狩りをすればそれだけ少しずつ強くなるからね」

何故《なぜ》か苦笑いを浮かべる詩乃《しの》。

みんなのレベルは上昇するからな……。

「でもパーティーって強いだけが全てじゃないってわかったから。俺にできることは何でも頑張りたいな」

「ふふっ。私も一緒に行くからね？」

「ん？　当たり前だろう？　詩乃《しの》はパーティーメンバーなんだから」

「うん！」

ちょうどタイミングよくひなが戻ってきた。

「ただいま〜今日もありがとうね。日向《ひなた》くん」

「姉さんとはゆっくりできた？」

「うん！　久しぶりにお姉ちゃんと楽しく話せたの！　五年ぶりかな？　凄《すご》く楽しかった～」

ひなもちょっとずつ口数が増えていくのはとてもいいことだと思う。

これからもパーティーメンバーとしてみんなで仲良くしていきたい。

「では俺達はそろそろ帰るよ。また明日学校でな」

「うん！　また明日ね。日向《ひなた》くん。詩乃《しの》ちゃん」

ひなに見送られながら俺達は神威《かむい》家を後にした。


帰り道、詩乃《しの》と何気ない会話を楽しみながら神楽《かぐら》家の前に着いた。

その時――――

「詩乃《しの》っ！」

入口から大柄の男性が一人、凄《すさ》まじい速度でやってきた。

「っ⁉」

「……おい。貴様。誰だ」

「は、初めまして、鈴木日向《すずきひなた》といいます」

「鈴木日向《すずきひなた》……？　誰だ」

「バカ兄！　や、やめてよ！」

詩乃《しの》が俺と男性の間に立つ。

先日テレビで見かけた朱莉《あかり》さんともう一人の大将、詩乃《しの》の兄さんだ。

「詩乃《しの》！　そいつは一体誰だ！」

「バカ兄には関係ないでしょう⁉」

「関係ある！　そ、そいつ……ま、まさか！　か、か、か、彼氏じゃないだろうなあああ⁉」

彼氏⁉

「ち、違うよ！　い、今はまだ……」

「今はまだだと⁉」

「い、いいから！　もぉ……」

「待て、詩乃《しの》。俺は認めないぞ！　こんな弱そうな奴《やつ》なんて認めないぞ！」

「日向《ひなた》くん！　気にしないで、バカ兄が何を言っても関係ないからね？」

あはは……ひなと朱莉《あかり》さんの関係とは真逆な感じだな。

ただ、詩乃《しの》のお兄さんが朱莉《あかり》さんと同じなのは、妹を大事に思うところだね。

「おいお前！　詩乃《しの》と付き合いたかったら俺に勝ってからにしろ！」

「バカ兄っ！　ひ、日向《ひなた》くん！　気にしないで、じゃ、じゃあまた明日！」

「待て！　俺はまだ――――」

詩乃《しの》の兄さんの巨体は、詩乃《しの》がどれだけ押してもびくともしない。

困ったような表情を浮かべる詩乃《しの》を何とかしてあげたいが……どうしたものか。

あたふたしたその時、詩乃《しの》がとある言葉を口にする。

「お、お兄ちゃん？　や、やめてほしいな……」

「⁉　し、詩乃《しの》……？　い、今なんて……？」

「だから……私、もう家に入りたいよぉ……お兄ちゃん」

「し、詩乃《しの》がああ、お、俺に……お、お、お、お兄ちゃ………っ⁉」

魂が飛びかけた兄さんの背中を押して一緒に家の中に入る詩乃《しの》。

ちらっと後ろの俺に向いて「ごめん」と言わんばかりに右手を上げて中に入っていった。

◆

神楽《かぐら》家。

「はっ⁉　こ、ここは……？」

「バカ兄……何してるのよ……」

「詩乃《しの》⁉　お、俺……なんか変な夢を……詩乃《しの》が彼氏を……」

「彼氏じゃないってば！　日向《ひなた》くんだよ？　パーティーメンバーなの」

「っ⁉　夢じゃなかったのか！　…………ん？」

「どうしたの？」

詩乃《しの》の兄である斗真《とうま》がじっと詩乃《しの》を見つめる。

「…………俺の声が聞こえているのか、か？」

「⁉　こ、これは……何でもないから！」

「詩乃《しの》！　まさかレベルを上げたわけじゃないだろうな⁉　絶対に上げないようにって──」

「う、うるさい！　バカ兄には関係ないから！」

自分の部屋に逃げるように駆け込んだ詩乃《しの》に、斗真《とうま》は拳を握りしめた。

◆

神威《かむい》家。

分厚い鉄箱の前に朱莉《あかり》と昌《あきら》、地蔵《じぞう》の三人が立つ。

「やはり……強くなっていますね」

「ああ」

鉄箱の中にいるのは最愛の妹であり娘。

ひなたが放つ絶氷《ぜっひょう》を外に漏れないように閉じ込める鉄箱。特殊な作りは魔道具の一種でもあり、魔石を使用して絶氷《ぜっひょう》を確実に閉じ込めるために作られたひなたの部屋である。

　だが、現在はほんのりと冷気が漏れ出ている。レベルが一桁だった頃は、しっかり閉じ込めることができたのだが、ダンジョンでレベルが上がってしまった今のひなたの絶氷《ぜつひょう》は、より強力になってしまい、鉄箱の性能を超え始めているのだ。

「小僧が近くにいれば普通に生活を送れるのはもちろんのこと、眠ることもできたんじゃな？」

「事前に聞いた通り、隣の部屋で眠っても問題ないとのことで、絶氷《ぜつひょう》の被害もないところをみると日向《ひなた》くんが言っていた通りでした」

「となると、ひなたのために何が何でも小僧と結婚させるべきではないか？」

「お父様。娘の相手は娘が決めるべきでしょう……家が決めるべきではありません」

「だがこのままではいずれ決壊するじゃろう。そうなると……」

「お爺《じい》様!!」

　祖父が何を言おうとしたのかすぐに理解できた朱莉《あかり》が怒りを露《あら》わにする。

「小僧もひなたなら不満はないじゃろて」

「……父として、娘にはできる選択を増やしてあげたいんです。朱莉《あかり》。例の物はどうだい？」

「まだ見つかりません。全力で探していますが……いつ見つかるかもわかりません。それに今日の道場で手合わせした感じでは、ひなたはずいぶんと強くなっていました」

「そうだな。この冷気が物語っているからな……」

昌《あきら》は鉄箱から微《かす》かに漏れ出ている冷気に手で触れる。

「いずれは……神楽《かぐら》家と決着をつけることになるでしょう。私は全力で取りにいきます」

「朱莉《あかり》！　あの男と決闘となれば無事には済まないはずだ！」

「構いません。妹のためなら、この腕、足、目、何でも差し出しましょう。ひなたは——神威《かむい》家の希望です。絶対に守るべきです」

「朱莉《あかり》……君も俺の大事な娘だ。そうはさせない。何とか見つけよう——魔石Δ《デルタ》を」

鉄箱から漏れ出ている冷気を睨《にら》みながら、拳を握りしめる朱莉《あかり》であった。

レベル0の無能探索者と蔑まれても実は世界最強です2
～探索ランキング1位は謎の人～

第8話 Dランクダンジョン86

「連休は楽しく過ごしたと思うが、今日からは長い学業が始まる！ みんなそれぞれの目標があると思う。悔いのないよう精進するように！」

担任の先生のホームルームで、クラスメイト達の緩い返事があり、長期連休が終わって久しぶりの授業が始まった。

午前中は通常授業。体育の授業はなく、国語の授業もない。外国語の共通授業や数学、歴史など、探索者優遇のカリキュラムが組まれるのが誠心《せいしん》高校である。

カリキュラムが終わると、ひなと一緒に屋上にやってきた。

雨の気配一つない青空が広がっており、すぐに詩乃《しの》と藤井《ふじい》くんもやってきた。

「お待たせ～」

詩乃《しの》の明るい声が屋上に広がっていく。

そんな二人だったが――後ろに一人の女性が立っていた。先日、屋上で俺を見ていた眼鏡を掛けた女性だ。

「詩乃《しの》？　知り合いなのか？」

「ん？　うわあ⁉　だ、誰ですか……？」

どうやら知り合いではないみたいだ。

だがしかし、意外な人が声を上げた。

「校長先生？　お久しぶりです」

ひなが立ち上がり、小さく頭を下げた。

こ、校長先生⁉　この人が……？

実は入学した際にも姿を見せなかった校長先生。意外と謎に包まれていて、クラスメイトが噂《うわさ》をしていた。いろんな説が出ていたが、まさかこんなにも若い女性だとは思いもしなかった。

一度右手を軽く上げてひなの挨拶に応えた彼女は、また無言で屋上を後にした。

一体何のために来ていたんだろう……？　悪さをしていないか見張っていたのか？

「びっくりした……校長先生だったんだね」

「うん。あまり表には立たないから知らない人も多いみたいだけどね」

「誠心《せいしん》高校ってちょっと謎だものね。昔は公立ではなかったんでしょう？」

「みたい。校長先生はその時代から理事長だったみたいだけどね」

「あの若さで……それとも若く見える秘訣《ひけつ》でもあるのかしら？」

ダンジョンから取れる素材は様々な効果があるから、そういう素材があっても不思議ではなさそうだが、もしあるなら世の中の女性には大人気になりそうだ。

「さて、お昼を食べたら、午後からはやっとダンジョンね〜」

「うん！　凄《すご》く楽しみ！」

本気を出したらあれほど強かったひな。詩乃《しの》だって本気を出せばきっと引けを取らないと思うと、俺も頑張らないとな。

今日も大量の弁当が座卓に並び、みんなで綺麗《きれい》に平らげた。

久しぶりに職員室前にある提出用紙を受け取り、俺とひな、詩乃《しの》、そして藤井《ふじい》くんの名前を書いて持っていく。

「そういえば、今日はどこのダンジョンを回る？」

「あ……それはあまり考えてなかった」

「ふふっ。日向《ひなた》くんらしいね。せっかくだし、D86にしない？　あそこなら人は多いけど、準備とかいらないし」

「D46じゃなくて？」

「うん。D46だと戦いにくいもの」

三人で通っていた雪山のD46は事前の準備が必要だから、藤井《ふじい》くんの装備などを考えたら確かに何も必要ないというD86がいいかもしれない。

「D86なら僕は慣れてるから最初は助かるかも〜」

そういえば、藤井《ふじい》くんは以前先輩達のパーティーでC3に行く前に攻略したのがD86だと言っていたな。なおさら、D86がいいと思う。

さっそく学校から駅の反対側に向かって歩くと、賑《にぎ》わっているバスターミナルが現れた。これらも探索者のために近場のどこでも行けるように設計されている。

全ての到着地点にダンジョンの略称が書かれていて、中からD86と書かれた場所に行くバスに乗り込む。

誠心《せいしん》高校の学生証があれば無料で乗れるのもありがたい。

俺と藤井《ふじい》くん、ひなと詩乃《しの》で分かれて座席に並んで座り、目的地に向かう。地元に戻った時のワクワク感に似たものを感じる。

やっぱり仲間と旅というのは楽しいものだな。

到着したD86前のバス停。そこには、俺の想像を超えるものがあった。

ダンジョン前には必ず検問所があり、買取センターだったり、事務所などが建てられているが、今まで見たどのダンジョンの入口前よりも――賑《にぎ》わっている。

恵蘭《えらん》町で行ったE198や近くのE117もそれなりに人が多くて驚いたけど、それなんて比べ物にならないくらい人で賑《にぎ》わっている。

「凄《すご》い賑《にぎ》わいだな……」

「そうね。D86は魔物も程よい強さで、素材も簡単に取れるし、環境もいいとこだからね。ちなみにD46はここら辺じゃ一番の不人気だよ」

「D46ってあの雪山んとこだよね？　先輩達も寒いから行きたくないって言ってた」

あはは……俺もひなも寒さ対策ができてるから気にならないけど、そうでない人には過酷な環境だから当然か。

入場するのも検問所の列に並ぶ必要があった。

待っている間、やはり目立つのか周りのほぼ全ての探索者達の視線がひなに向けられている。

髪色というのは探索者にとって大きな意味を持つ。とくに日本では黒髪は普通であり、染めない限り、色が付くということはSランク潜在能力だと言っていることに繋《つな》がる。

注目の的になったひなだが、肝心の本人は意外にも気にすることなく、詩乃《しの》と楽しそうに談笑している。

そんな時、ふと詩乃《しの》が引《ひ》き攣《つ》った表情を浮かべた。

もしかしてどこか具合が悪いのかな？

「詩乃《しの》？　どこか具合が悪い？」

「えっ？　う、ううん！　全然問題ないよ？　もしかしたらまだ連休中の疲れが少し残ってるのかも～」

「辛《つら》い時はいつでも言ってくれ」

「うん。ありがとう。日向《ひなた》くん」

人波は少しずつダンジョンに入っていき、俺達も無事検問所を通って中に入ることができた。

初めて入ったD86は、ごつごつとした岩が置かれた荒野だった。どこかC3の渓谷を思い出させるが、向こうと違うのは階層を包む壁がないこと。広大な荒野が一望できて、大きな岩は日陰になり休憩地帯にもなっているのか、いくつかの岩の陰では探索者達が休息を取っているのが見受けられる。

気温も活動するのにちょうどよく、暑すぎず寒すぎず長袖でも半袖でも活動できそうだ。

聞いていた通り活動しやすいこともあるし、難易度も一番初心者向けのDランクで、その中でも魔物の強さも程よい強さで、探索者で溢《あふ》れ返っている。

入って早々元気そうに詩乃《しの》が声を上げた。

「一層はさすがに人が多いね。このまま三層まで行っちゃおうか〜」

「ここも三層が最深層か?」

「うん。ボス部屋はE117と同じで休憩スペースになっているから人気だよ〜」

「なるほど……」

E117のボス部屋と同じってことは、ボス部屋に入ったパーティー数でボスが現れるが、スペースに限りがあるはず。一層にここまで多くの人がいるのなら、ボス部屋も人が多くて入るのも一苦労しそうだ。

一層からゆっくりと歩いて二層に向かう。

そんな中、とあるパーティーを目にした。

「おい！　もう少し速く歩け！」

「う、うん！　ご、ごめん！」

「ちっ」

悪態をつく同じ制服の男子生徒達。その後ろを追いかける小柄な生徒。四人の生徒には確かに見覚えがある。

連休前に特別教育プログラムで知り合ったポーター部門の斉藤《さいとう》くんのパーティーだ。

やはり連休が終わってもあのパーティーに入ったままか……いや、彼らのポーターに対する扱いは変わっていないんだ。

彼らの動向をチェックしながら道を進む。

幸い彼らも一層ではなく深層を目指しているようで、周りの魔物には目もくれずに進む。

急ぎ足で向かう彼らと少しずつ距離が離れるが、まだ俺のスキル『周囲探索』で彼らの動きをチェックできている。

俺達も魔物を狩ることなく二層に入り、さらに三層を目指す。

一層は広くて二層に着くまでに一時間近く歩き続けた。

二層も一層同様に広大な景色が広がっている。

「ん～やっぱり走った方が早そうかな～」

「俺は走っても問題ないが、みんなは大丈夫か？」

「大丈夫！」

「いいよ～」

「僕も問題ないかな」

「じゃあ、三層までは走っていってみようか」

二層入口から三層まで走ってみる。

ダンジョンの中に乗り物があれば楽なんだろうけど、こうして走る以外の移動手段がないのは時間がかかってしまうな。

少しずつ走る速度を上げながらどのくらいならいいのかみんなの顔色を窺《うかが》いながら走る。

先陣を切って走るなんてやったことがないからこれでいいのか悩むけど、ひな達の表情からそう悪そうな感じはしない。

歩くとけっこうな時間がかかったが、走ってみると意外にも三層に十分もしないうちに辿《たど》り着《つ》いた。

三層もどこまでも広い荒野が広がっているが、一層と違うのは少し気温が高い。一層は快適だったが、三層は少し汗ばんでしまいそうだ。

「じゃあ、ここから狩りを始めようか」

「「「はい！」」」

それぞれ武器を取り出す。ひなの黒い刀、詩乃《しの》のトンファー、藤井《ふじい》くんは前回同様白い弓だ。

ひなや詩乃《しの》が持っている武器と同じく『マジックウェポン』なのは間違いなさそうだ。

「前衛は詩乃《しの》。中衛はひな。後衛は藤井《ふじい》くんで進もう」

「あれ？　私が前衛なの？　いつもと逆？」

「ああ。身体能力的に詩乃《しの》が前衛の方がパーティーのバランスが良さそうだったから」

「そっか……わかった！」

さっそく戦いが始まる。

姿を見せた魔物は、全長二メートルくらいの赤い毛の猪《いのしし》。鋭い牙は紫色をしており、見ただけで毒持ちなのがわかる。

詩乃《しの》が素早く近付いていくが、それに反応した魔物が詩乃《しの》をターゲットにして一瞬で突撃してきた。

俺の隣に立つ藤井《ふじい》くんが矢がないまま弓の弦を引く。すると引いた弦から握りの上部にかけて光の矢が現れた。

弦から藤井《ふじい》くんの手が離れると、唸《うな》る音と共に光の矢が放たれて、詩乃《しの》に向かって走る猪《いのしし》の足に突き刺さる。

勢いよく走っていた猪《いのしし》が体勢を崩して倒れる。

その隙を見逃すはずもなく、詩乃《しの》のトンファーの先に青色が点灯し、倒れた猪《いのしし》に容赦なく武器を振り下ろした。

地面が抉《えぐ》れるんじゃないだろうかと思えるほどの強烈な打撃音が響いて、猪《いのしし》が倒れた。

「日向《ひなた》くん！」

「ああ。次に向かおう！」

「は～い！」

楽しそうに笑顔を浮かべた詩乃《しの》が走り出し、ひなと藤井《ふじい》くんが追いかける。

俺は急いで猪《いのしし》をスキル『魔物解体』で解体して『異空間収納』に収納して追いかける。

次々と赤い猪《いのしし》を見つける詩乃《しの》は、迷うことなく向かい、後ろから飛んでくる矢の軌道をいち早く把握して、足に矢が刺さって倒れる猪《いのしし》の弱点を的確に捉えて攻撃を叩《たた》き込む。

詩乃《しの》やひなだけでなく藤井《ふじい》くんの技量の高さも窺《うかが》える。

先輩達が強くて後衛だからあのイレギュラーが起きたC3に通っていたというのは、ずいぶんと謙遜だということがよくわかった。

彼自身も高い技量を持ち、前衛と敵の動きを的確に見極めて、動いている魔物の動きを止める絶妙なタイミングで矢を放つ。ここに来るまでも多くの探索者達の動きを目で追っていたが、ここまで凄《すご》い弓使いはいなかった。それが藤井《ふじい》くんの強さを証明する。

ひなは周りに異常がないか常に気を配りながら前衛と後衛の動きに気を使う。

狩りを続けて一時間ほどが経過した頃にタイミングを見計らってみんなで大きな岩の陰で休

息をとる。

「ふう~動いた動いた~」

「神楽《かぐら》さん……さすがに強いね」

「藤井《ふじい》くんこそ、一発も外さないの凄《すご》いわ！」

「うんうん。あの速さで動く魔物に毎回的確に当てて転ばせてるの凄《すご》かった」

「えへへ……ありがとう」

みんなに飲み物を渡して、スキル『クリーン』を全員に使ってあげる。

「日向《ひなた》くんのサポート力は本当に凄《すご》いな……」

「ふふっ。藤井《ふじい》くん？　日向《ひなた》くんのことは誰にも話しちゃダメだよ？」

「うん。最初からそういう約束だったもの。神威《かむい》さんや神楽《かぐら》さんではなく、日向《ひなた》くんなのが不思議だったけど、今では少し納得しているよ」

ひとまず、みんなが休憩をしている間、スキル『周囲探索』を使って、離れている斉藤《さいとう》くん達の様子も確認する。

その時、不思議なことに魔物が一か所に大量に集まっているのが確認できた。

「ん？　詩乃《しの》。魔物が一か所に集まることってあるのか？」

「一か所に？　ない……って言いたいところだけど、たまにあるわよ。探索者には範囲攻撃が得意な探索者や魔物をまとめて倒すパーティーもいて、そういうパーティーは魔物を集める場合もあるわね」

「魔法の才能を持ってる探索者のやり方に多いかな。攻撃手段は乏しいけど速く動くのが得意な人と組んでるとことかよく見かけてたね」

「へぇ……パーティーにはいろんな形があるんだな」

「神威《かむい》さんや神楽《かぐら》さんのように一人で強い人はそういないからね。お互いの苦手をお互いの得意でカバーするパーティーが大半だよ」

特別教育プログラムでも似たことを教わった。ポーターだってその中の重要な役目でもある。

それにしても集まってる魔物が一向に減る気配がないな……？

「日向《ひなた》くん？　どうしたの？」

「魔物が集まってるんだけど、一向に減る気配がなくて」

「そんなこともわかるの⁉」

藤井《ふじい》くんが目を丸くして驚く。

詩乃《しの》もその気になればわかるし、できる人はできると思うんだけどな。

いつもだと人が少ない場所ならイヤホン型耳栓を外すのだが、ここでは人が多いからなのか外していない。

もう少し集中してみると——魔物達の間に人の気配がするが、何やら動きが鈍い。

「っ⁉　まずい！」

考えるよりも先に体が動いた。

「日向《ひなた》くん⁉」

後ろから驚くみんなの声がした。しかし、俺は足を止めることなく走り抜けた。

いくつもの大きな岩を通り抜けた先にあったのは、赤い猪《いのしし》の群れ。十体やそこらの数ではない。数えられないほどの魔物が赤い波のようにうねうねと一塊となり動いている。

そんな中には魔物に踏まれている探索者達の姿も見える。

急いで魔物の群れに飛び込んで探索者達の下に急ぐ。潜りながら手当たり次第蹴り飛ばす。

幸いにもスキル『速度上昇・超絶』と『武王』のおかげで赤い猪《いのしし》よりは速く動けるから、難なく蹴り飛ばしながら進めた。

無我夢中で探索者達のところに着くと、全員が全身に生々しい傷を負っていて、危険な状態なのがわかる。

ダンジョンに潜れない時期があったのでイレギュラーで使い果たした『ポーション』が悔しい……。

急いで彼らを背負ってその場から離れる。

高く飛び上がり周りを見ると、大勢の探索者達が群れを見つけては逃げ始めていた。

その中に――――斉藤《さいとう》くん達のパーティーも見かけられた。

抱きかかえた探索者四人を群れから離れたところに運んだ時、ちょうどタイミングよく詩乃《しの》達が合流してくれた。

「日向《ひなた》くん！」

「詩乃《しの》！　みんなケガしているんだ！」

「私、緊急用ポーションを持ってるから！」

「私も！」

詩乃《しの》が自分のマジックバッグからポーションを取り出し、ひなも取り出して探索者達に振りかけてくれた。二人とも二本ずつ使い四人の命を何とか助けることができた。

「それにしても魔物があんなに集まるなんて……」

「パーティー構成的に三人が魔物を集めて、魔法で一気に倒すパーティーだったのかな。集めすぎたのかも」

探索者達を助けることはできたが、集まった魔物達が消えるわけではない。

百体近い魔物が群れとなり、未だ探索者に襲いかかろうとしている。

群れに気付いて素早く逃げた探索者達だったが、斉藤《さいとう》くんの四人パーティーだけは何故《なぜ》か逃げることなく、むしろ立ち向かっていた。

「っ⁉　向こうに戦おうとするパーティーがいる！　そちらに援護に行く！」

「わかった！　こちらもすぐに追いかける！」

急いで斉藤《さいとう》くんのパーティーのところに着くと、前衛三人が猪《いのしし》の群れに戦いを挑んでいた。

――あのままでは全滅しかねない。

戦いが始まって流れてくる猪《いのしし》の群れに前衛の三人が突撃されて吹き飛んでいく。

「みんな!!」

当然、次のターゲットは斉藤《さいとう》くんになる。

次の瞬間、彼の前に一人の男が立つ。

「えっ……？　貴方《あなた》は……」

「ひとまず下がりなさい」

「は、はいっ！」

俺もちょうど間に合って男性と鉢合わせになった。

「来たか。鈴木《すずき》日向《ひなた》」

「先生……どうしてここに？」

「話はあとだ。今は魔物の群れを何とかするぞ」

「はいっ！　俺は三人を救出します！」

「いいだろう」

特別教育プログラムで俺にアドバイスをくれた先生。ボサボサ髪にやる気のなさそうな緩い表情の先生は、今は正反対の表情を浮かべている。戦いを目の前にしている戦士の顔だ。

先生の合図に合わせて飛び出し、倒れている三人の男子生徒達を抱きかかえてまた遠く離れた場所に置く。

「鈴木《すずき》くん⁉」

「久しぶり。メンバーはこちらに置いておくよ。ってあれ？　みんなも久しぶり」

「よお！」

意外というか、特別教育プログラムで俺と組んだ三人の男子生徒達がいた。

「こちらの三人が気を失っていて、守ってもらえるか？」

「任せておけ。先生に言われてここに来てるんだ。ここは命に代えても守るから安心しな」

「ありがとう」

どうして彼らがここにいるのか俺にはわからないけど、協力的な彼らにあとは任せて大丈夫だと思えた。

急いで先生と合流する。先生は、見た目からは想像できないような巨大な剣を振り回していた。

「先生。後方に預けてきました」

「よくやった。鈴木《すずき》。少しの間、魔物の注意を引けるか？」

「はい！」

すぐに先生と入れ替わり、猪《いのしし》を奥の方に蹴り飛ばしていく。

後方から凄《すさ》まじい気配が感じ取れて、ちらっと見ると先生が握っている巨大剣が青色と赤色が混じるように輝き始めていた。

「鈴木《すずき》！　横に跳べ！」

「はいっ！」

　横に跳んで数十秒間魔物の注意を引いていると、俺が立っていた場所をも飲み込む凄《すさ》まじい斬撃が放たれて魔物を飲み込んでいった。

　たった一撃で百体はいた魔物が半数以上壊滅した。

　詩乃《しの》や藤井《ふじい》くんが言っていた広範囲攻撃のために魔物を集めて倒す意味がわかった気がした。

「日向《ひなた》くん！」

「詩乃《しの》！　先生が助けに来てくれたんだ」

「そっか！　私達も参加するね！」

「よろしく！　先生、俺達のパーティーも参戦します！」

「おう！」

　前衛を先生と詩乃《しの》、中衛をひなと俺、後衛を藤井《ふじい》くんの五人で戦い始める。

　初めてだというのに、先生の息の合った動きには驚かされるが、それだけ多くの経験をした歴戦の探索者ということだな。

　残った猪《いのしし》もあっという間に倒していき、最後の一体まで油断することなく倒した。

「ふう～終わった～」

戦闘が終わっても先生の鋭い目は変わらない。

俺も『周囲探索』で斉藤《さいとう》くん達を見ると――三体の猪《いのしし》が彼らに向かって猛ダッシュをしているのが見えた。

「っ⁉　あ、危な――」

その時、先生が俺の前に立ち止まった。

「先生？」

「見てな」

彼らに向かっている猪《いのしし》をいち早く見つけたのは、他の誰でもない斉藤《さいとう》くんだった。

「猪《いのしし》が三体！」

「「「りょうかい！」」」

意外というか、三人は斉藤《さいとう》くんの声に従って戦闘体勢を取った。

「えっ？」

「指示の続きを！」

「わ、わかった！　前衛二人と後衛一人……敵は突進型魔物三体………敵は目の前の相手を狙うんだ！　右二体を一人で注意を引いて右側に留《と》めて！　左一体を後衛と一緒に倒して、残り右二体を後ろから援護するよ！」

「「「りょうかい！」」」

「動いてると的が狙いにくいから左の一体を留《とど》める時は、距離を取りすぎないようにするといいかも！」

「あーいよっ！」

戦いが始まり、斉藤《さいとう》くんの指示通りに動く前衛。後衛の弓使いの生徒も焦《あせ》ることなく、一呼吸置いてから矢を取り出し構えて放つ。

無駄のない攻撃で素早く一体目を倒してすぐに合流。しかも後ろを向いていることもあって、さらに追撃がしやすくなって一瞬で三体の猪《いのしし》を倒すことができた。

「ひゅ～さすがだな」

「やべ！　楽しい！」

「いえい～！」

三人はそれぞれハイタッチをする。

ああ……パーティーってああいう感じなんだな。

次の瞬間、彼らは今度は斉藤《さいとう》くんのところに向かう。

「斉藤《さいとう》！　右手を上げてくれ！」

「えっ⁉　こ、こう？」

「おう！」

それから三人は順番に斉藤《さいとう》くんの右手とハイタッチをする。

「やるじゃん！　ナイスな指示だった！」

「え、えっと……ご、ごめん。偉そうに……」

「おいおい。お前の指示のおかげであんなにあっさり倒せたんだぞ？　自慢じゃないが俺達が三層で戦えるなんて思いもしなかったんだから！　マジでありがとうな！」

「っ⁉」

斉藤《さいとう》くんが拳を握りしめる。

ああ……俺もメンバー達に認められた日のことを思い出す。

一人で悩んでダンジョンに潜って寮に戻るとひなと詩乃《しの》が夜遅くにもかかわらず、ずっと待っていてくれた。

きっと、あの時のように、自分がパーティーメンバーとしていていいんだと知ることができたように、斉藤《さいとう》くんも今知ることができたんだと思う。

「なあ。斉藤《さいとう》。俺達と組まないか？」

「へ？　ぼ、僕なんか……と？」

「おう！　実はな。俺達、ポーターを探していて、できれば指示を出してくれるポーターを探していたんだ。それで先生に相談したら、いい候補がいるって、見せてやるって連れてこられたんだ。最初は鈴木《すずき》くんかなと思ったけど、彼はもう氷姫《こおりひめ》のパーティーに入ってるって知ってたから。すぐに斉藤《さいとう》くんのことだってわかったんだ。なあ！　俺達と一緒に探索者しようぜ！」

　他の二人も「頼むよ～」と声を掛ける。

「あ……あ……ど、どうして……指示を出してくれる……ポーターがいいの？」

「ん～実はさ。ポーターってめちゃいらないじゃんって思ってたんだけどさ。特別教育プログラムで鈴木《すずき》くんに指示されてな。それで一瞬で先輩に勝てたんだ！　それから先輩にパーティーについていろいろ教えてもらえて、誰よりも後ろでサポートするからこそ一番指示役に適しているのがポーターだって教わったんだ！　さっきの戦いでもお前の指示は本当によかった！　命を預けてもいいと思えたんだよ！」

「っ!?」

　次第に斉藤《さいとう》くんの両目に大粒の涙が浮かぶ。

「……うん。僕も探索者になりたい。鈴木《すずき》くんのところが誰よりも先に先輩に勝って……みんなで話し合うパーティーが凄《すご》く羨ましかった！　だから――――やらせてください！　僕もパーティーメンバーになりたいです！」

「やったぜ！　大歓迎だ！」

　四人が喜びの瞬間を迎えたその時、気絶していた斉藤《さいとう》くんの元メンバーが起き上がる。

「お、おい……ふざけんじゃねぇぞ……！　てめぇは俺達のポーターだろうが……何勝手に抜けるとか言ってんだ!!」

「っ……」

斉藤《さいとう》くんに迫る三人だが、その前に出たメンバーが止める。

「斉藤《さいとう》くんは俺達のメンバーになった。お前らにはもう用はないよ」

「ああん？　クソ雑魚《ざこ》の分際で俺達に勝てると思ってるのか！」

「……やってみるか？」

「がーははは っ！　低ランクの分際で！　ボコボコにしてやるぞ！」

ガラの悪い男子生徒達が彼らに襲い掛かる。

「斉藤《さいとう》くん！　指示を！　大丈夫！　俺達は――――パーティーなんだ！」

歯を食いしばった斉藤《さいとう》くんはすぐに三人に戦いの指示を送る。

メンバー達よりも格上の相手を難なく倒して勝つことができた。

もし相手がケガをしていなければ、結果は少し変わっていたかもしれない。それくらいのレベル差はあった。けれど、普段なら絶対に勝てないはずの格上相手でも信頼できる仲間との共闘で勝てることを見せてくれた。

「これで文句なく斉藤《さいとう》くんは俺達のメンバーだ！　てめぇらはもう二度と近付くんじゃねぇ！」

「く、クソがあああ！」

悪態をつきながら、ガラの悪い生徒三人はその足で逃げ去った。

その姿を見ながら斉藤《さいとう》くん達は再度ハイタッチをする。

彼らを見守っていると、隣で一緒に見守っていた先生が声をかけてきた。

「どうだ。あのパーティーは」

「はい。とても相性もよくて、素晴らしいパーティーになると思います」

「うむ。あれも全て――鈴木《すずき》。お前のおかげだ」

「俺……ですか？」

「ポーターというのは見えない強さがある。それを知るのはより難しいダンジョンに入ってからだ。だが、それではすでに遅い。ああやって早い段階からメンバーを揃《そろ》えた彼らは立派な探索者になれるだろう。本来なら教育係として俺達がやらなければならないことだが、中々難しくてな。俺からも感謝を言わせてくれ」

「い、いえ……俺もたくさん学べました。パーティーとは。メンバーとは。自分の役目とは。本当にいろんなことを教えてくださりありがとうございます！」

「くっくっ……それにしても、やはりお前は強いな。本当にポーター志望なのか？」

「え？　は、はい。俺はメンバーの中でも最弱ですので……」

「最弱か……鈴木《すずき》」

「は、はい」

「お前は大きな勘違いをしている。もしお前が一番弱いからポーターになるというのなら、それは間違いだ」

「っ⁉」

「弱さじゃない。お前にしかできないことをするんだ。それがメンバーのサポートならポーターを目指してみるのもいいんじゃねぇか？」

「は、はいっ！」

「じゃあな。俺はあいつらを送りにいくからよ～」

そう言いながら斉藤《さいとう》くん達のところに向かう先生。

何かを話していると、彼らは俺の方を向いて「鈴木《すずき》くん！　ありがとう！」と四人が声を揃《そろ》えて感謝を伝えてくれた。

地元にいた頃は誰かに感謝されるなんて想像だにしなかった。

自分の行いが……誰かのためになったのなら……ああ。本当に嬉《うれ》しいな。

俺の腕をツンツンと押す感覚があって振り向くと、口を尖《とが》らせた詩乃《しの》がいた。さらに後ろで困惑した表情を浮かべるひなと藤井《ふじい》くん。

「リーダー？」

「う、うん？」

「パーティーメンバーは私達ですよ～？」

「お、おう。し、知ってるよ」

「ふふっ。よろしい～これからもよろしくね？　リーダー」

自分の居場所もここに確かにあるんだと再度納得することができた。

それから百体もの魔物を一か所に集めたことで、大ケガを負った四人の探索者にはペナルティが科せられることになった。

というのもポーション四本も使われたこともあり、ローンを組まされてこれから支払うことになる。

善意で使ったものではあるが、彼らの自業自得《じごうじとく》なのでルールに従って返してもらう。

命に大事はなかったから、彼らにとってもよかったのかもしれない。

イレギュラーでポーションのストックを全部切らしてしまったから、今日からまた一人で集めに行くことにしよう。

狩りを終わらせて、俺達四人は神威《かむい》家を訪れた。

「藤井《ふじい》くんの正式な加入を祝して～乾杯～！」

「「「乾杯～」」」

詩乃《しの》の音頭《おんど》に合わせて白い炭酸飲料で乾杯をする。列車で飲んだ高級炭酸飲料だ。

今日から藤井《ふじい》くんも寮ではなく、神威《かむい》家で夕飯をご馳走《ちそう》になることが決定して、藤井《ふじい》くんも大いに喜んだ。

食事を堪能《たんのう》してから、ひなのために詩乃《しの》と二人は風呂《ふろ》に入っている。その間、俺と藤井《ふじい》くんは二人で待つ。

「日向《ひなた》くん」

「ん？」

「僕さ。日向《ひなた》くんって弱いって聞いたんだけど」

「え？　そ、そうだったでしょう？」

「え？」

「うちのパーティーの中で一番弱いのは俺だし……」

「………」

何故《なぜ》か藤井《ふじい》くんがジト目で俺を見ながら、溜息《ためいき》を吐《つ》いた。

「神楽《かぐら》さんから話は聞いていたけど、本当だったんだね」

「ん？　本当……だった？」

「ううん。何でもないよ？」

「気になる……」

「ふふっ。それにしても、さっきのパーティーって凄《すご》くいいパーティーだったね」

「あ、ああ」

何か……話を逸《そ》らされた？

「日向《ひなた》くんって、実家に仕送りとか、凛《りん》ちゃんに誇れる兄になるためにダンジョンに潜ったんだよね？」

「そうだな。仕送りはいらないと言われてしまったけど……」

「仕送りは断られても贈り物ならしてもいいんでしょう？　いろいろ贈ったらいいんじゃないかな？」

「それ、いい考えだな。ぜひ使わせてもらうよ」

「家族……か」

暗くなっている夜空を見上げて藤井《ふじい》くんは小さく呟《つぶや》いた。

彼がダンジョンに入る理由。詳しくは聞いていなかったな。それを言うなら、ひなや詩乃《しの》が入る理由も聞いていない。

いつかみんなの理由をしっかり聞けたらいいなと思う。

ひな達の風呂《ふろ》が終わり、ひなを残して俺達は帰路についた。

藤井《ふじい》くんは二人で仲良く～と言いながら先に寮に戻ってしまって、いつも通りに詩乃《しの》を神楽《かぐら》家まで送る。

いつもなら楽しそうにいろいろ話してくれる詩乃《しの》だが、昨日今日は口数がずいぶんと少ない。

それにしても、あまり顔色がよくない。

連休中も休んだとはいえ、毎日歩き回ったりと疲れることばかりだったし、今日はダンジョンでいろいろあったし、明日は休憩にしてもいいかもしれない。

「詩乃《しの》。おやすみ」

「!! お、おやすみ！」

慌てるように家に入る詩乃《しの》を見届ける。

彼女の後ろ姿を見ていると、妹のことを思い出す。

二人の性格や雰囲気が似ているからかな……。そういえば、絶氷《ぜつひょう》を見ていた妹の雰囲気は、普段見たことがなかったな。あれは何だったのだろうか……？

詩乃《しの》も見届けたので、俺も寮に帰った。

◆

誠心《せいしん》高校、校長室。

「どうだった？」

高級な革張りの椅子に座った眼鏡をかけた女性。屋上で日向《ひなた》と出会った校長である。

彼女の前のソファに座ったのは、探索者教師であり本日日向《ひなた》と共闘をした男だ。

「得体の知れない強さでしたね」

「『レベル0』は間違いないのに……君が認めるくらい強いのね？」

「ええ。見た目や感じられる強さは確かに『レベル0』ですけどね。校長だって接触したんでしょう？」

「ええ。接触したわ。その上で――紛れもない『レベル0』だなという感想よ」

「神威朱莉《かむいあかり》や神威《かむい》ひなたのような異質な強さはなかったんですか？」

「なかったわね。むしろ、なさすぎて、虚無そのものだったわ。さすがは『レベル0』。私も初めての体験で驚いたけど……面白い人が生まれたものね」

「どうするんです？」

「どうもしないわよ。私に管理できるわけもないじゃない。だって……もう神威《かむい》家の手に渡ったんでしょう？」

「毎日神威《かむい》家を訪れていると報告がありましたからね……地蔵《じぞう》様と奪い合いはしないんすか？」

「無理を言わないの。あの人と敵対して今まで生き残った人なんて、誰もいないって知ってるでしょう？」

「え？　一人知ってますけど……」

「まあ、冗談言わないの。私は見逃してもらっただけだから。それにしても……どうしてこのタイミングで『レベル0』なんて不思議な人間が生まれたんだろうね」

「さあ……俺みたいな凡人にはわかりません」

「うふふ。神威《かむい》ひなたみたいな化け物と比べたら凡人なのは違いないわね」

「へいへい～次はどうします？」

「何もしない。何もしなくても世界は動く。いずれ——大きくね」

「いいんすか？　そんな予言しちゃって」

「いいのよ。そのために誠心《せいしん》高校ができた。神威朱莉《かむいあかり》と神楽斗真《かぐらとうま》を輩出できた上に、神威《かむい》ひなたと神楽詩乃《かぐらしの》までもが入ってくれたのだから」

「へいへい。どこまでも校長についていきますよ～」

「頼りにしてるわ」

校長は夜空に輝く満月を——睨《にら》みつけた。

第9話　体調不良と原因

今日は珍しく朝から雨が降っていた。

食堂で藤井《ふじい》くんと合流してから登校する。

誠心《せいしん》高校の制服は国からの支援によって作られる物で、戦闘服としての効果が高い。それは何もダンジョンの中でのみ効果を発揮するわけじゃない。外でも素晴らしい効果を持ち、防弾チョッキよりも強靭《きょうじん》な強さを持っている。

それに加えてとても便利な効果がもう一つある。

制服の内側に隠された薄い生地で作られたフードを被《かぶ》ると、何と完全防水服になる。

魔物素材を使った普段着や制服は水を弾《はじ》くからレインコートの代わりにもなるため、都会ではよく愛用されてると聞いていた。誠心《せいしん》町では多くの人が傘ではなくフードを被《かぶ》っている姿が見受けられる。

今日も変わらず自分の席に座り、窓から外を眺める。

いつもと違ってみんなフードを被《かぶ》っているから、誰が誰なのか全然わからない。

そんな中、フードを被《かぶ》らず校門に降り立つ美少女が一人。暗い天気でも銀色の髪が輝いている。

雨が降り注ぐ中、彼女は毅《き》然《ぜん》としたまま校舎に向かって歩いてくる。ふと目が合うと笑顔で手を振ってくれた。

彼女がクラスに来る間に、もう一人のパーティーメンバーが来るのを待つ。

これも日課になっていて、日々の楽しみだ。しかし、今日は珍しく詩乃《しの》が来る前にもうひながクラスに着いた。

「おはよう～どうしたの？　日向《ひなた》くん」

「おはよう。いや、珍しく詩乃《しの》が遅いなと思って」

「う～ん。まだ時間あるし、雨降ってるからじゃないかな？」

「それもそうだな。ひな、髪は……濡《ぬ》れてないんだな」

「うん。絶氷《ぜつひょう》で雨を全部吸収してるから」

「そんなこともできるんだ？」

「池とか川とかは厳しいけど、雨くらいならね」

なるほど。だからひなはフードもなしに雨の中を歩いてたんだな。

遠目からだとわかりにくかった。

それから学校が始まっても詩乃《しの》が登校することはなく、いつもと変わらない授業が始まった。

午前中が終わり、今日も屋上に集まる。が、雨が降っていていつものようにレジャーシートを広げたりはできない。

「雨の日の対策も考えないとな」

「そうね」

すぐに後ろから「おまたせ～」と声が聞こえて藤井《ふじい》くんがやってきた。

「神楽《かぐら》さんがまだなのは珍しいね」

「ああ。今日は学校を休んでるみたいなんだ」

「そうだったんだ。昨日は少し疲れてそうだったもんね」

藤井《ふじい》くんが言う通り、何だか疲れてそうな表情だったたし、それがわかるくらいには口数も減っていた。

今日はみんなでダンジョン休みにしようと提案したいと思っていたし、雨も降っているからちょうどよかったのか……？

「それにしても雨が降ると屋上に出られなくて残念だね～」

「ああ。昼食の方法もいろいろ考えないといけないな」

「屋根があればいいんだけどね～床は水浸しだからシートも厳しいか……」

「あ！　それならいい考えがあるかも」

またひなが何かを考え付いたらしい。また絶氷《ぜっひょう》では……ないよな？

「以前外国に行った時、雨を楽しみながら食事が取れるようにテラスにアンブレラチェアがあったんだ。私達もそういうチェアやテーブルを用意しておけばいいかも」

「それはいい考えだな。今日詩乃《しの》は休みだし、せっかくだからそれらを買いに行こうか」

「うん！」

「休息も探索者の仕事って言うからね」

ダンジョンに入るための『探索者特別カリキュラム』。ダンジョンに入らないなら通常授業を受ける習わしだが、買い出しもまた探索者としての大事な行動だ。

ダンジョンに入るための買い出しではないけど、休息の意味も含めてこうしてダンジョンでハンコだけ押して休むパーティーも少なくない。

「さて、まず昼食をどうするかだな。どこで食べよう？」

「それなら――――個室借りようか？」

「「個室？」」

ひなの提案に、俺と藤井《ふじい》くんの声がハモった。

「うん。個室練習場？」

「「………」」

そこって練習をする場所で、昼食を取る場所ではないと思うんだが……でもわざわざ昼休み時間に使う人もいないだろうし、まあいいか。

「昼に使う人もいなそうだし、借りられるなら今日だけ借りようか」

「うん！」

「…………」

藤井《ふじい》くんがジト目で俺を見つめる。

いや……せっかくひながいっぱい意見を出して目を輝かせているから、何もかもダメというのは……。

そのまま個室を借りにいくと、予想通り簡単に借りることができた。

「個室って借りるのけっこう大変なはずなのに……神威《かむい》さんって本当に凄《すご》いね」

「やっぱり大変なんだ？」

「うん。ある程度実績も要るからね。ダンジョンに通っているって」

「ひなってダンジョンに通わなくても借りられた気が……」

みんなで個室に入ろうとした時、待合室に大勢の生徒達が順番を待っているのが見えた。

彼らから羨望《せんぼう》の眼差《まなざ》しを送られながら俺達は個室の中に入ってすぐに――いつものレジャーシートを広げて、座卓を取り出し弁当を並べた。

「外の生徒達も個室で昼食を取るのかな？」

「日向《ひなた》くん……？　違うと思うよ？」

「やっぱり、そうだよな……」

「僕もそんなにわかってるわけではないけど……個室練習場で昼食を取った生徒は、創立してから僕達が初めてじゃないかな？」

「ううん。違うよ。お姉ちゃんも個室で食べたことあるって聞いたことあるよ～」

「「……………」」

あの姉にこの妹……って感じか。

せっかく借りたし、気にせず昼食を取る。

「詩乃《しの》ちゃん、少し熱っぽいってさ」

そう言いながらスマホを見せてくれるひな。

ひなもスマホ持っていたんだな。というかこれが普通か。

「具合悪そうにしてたけど……神楽《かぐら》さんなら無理してでも動いてそうだもんな～」

詩乃《しの》はいつも明るく振る舞っていて、辛《つら》いことがあってもけっして表には出さないと思う。

元々人懐《ひとなつ》っこい性格なのに、音を遮断しているからいろんな人が離れていて、それでも笑顔を絶やすことはなかったから。

「もっと詩乃《しの》の体を労《いた》わってあげるべきだったな……リーダーとして失格だな……」

「日向《ひなた》くん？　神楽《かぐら》さんにそれ言ったらもの凄《すご》く落ち込むと思うよ？」

「そ、そうか」

「誰だって失敗はするからさ。神楽《かぐら》さんだってもしかしたら早く言っておいたらよかったなんて反省してるかもしれないよ？　だから日向《ひなた》くんもリーダー失格とか言わずに、これからどうするかを考えてくれた方が神楽《かぐら》さんも喜ぶと思うな」

藤井《ふじい》くんが言うことももっともだな。失敗したら終わり……ではない。これからどうするかしっかり考えて、メンバーの体調など確認するようにしよう。

《閃《ひらめ》きにより、スキル『体調分析』を獲得しました。》

新しいスキル……？　体調分析？

ひとまず、新しいスキルを試してみることにする。

使用すると、両目に不思議な力が宿るのが感じられる。

見ていたひなと藤井《ふじい》くんの頭の上に不思議な文字が現れた。

二人とも『健康状態：良』と表記されている。

なるほど……これがあれば体調が悪いメンバーをすぐ判断できるからいいな。

それほど複雑なことまではわからないみたいだけど、少しでも早く気付けるのはありがたい。

昨晩久しぶりにE90でフロアボス『ギゲ』を倒し続けて、ポーションを少し貯《た》めておいた。

もし体調が悪そうなら、それを使ってあげるのもいいかもしれない。

個室練習場で昼食を終わらせて外に出る。相変わらず生徒達が待っており、俺達は再び注目の的になった。

学校を出て、一番近くのE117でハンコを押してもらい、ダンジョンを後にする。

向かった場所は意外にも魔道具屋。

魔道具にもいろんな種類があり、武器や防具類だけでなく、ダンジョンで快適に活動できるように日用品類も売っているのだ。

藤井《ふじい》くんの実家が営んでいるベルナース魔道具屋は武器や防具類の戦闘部門に特化したお店ということで、日用品類が販売されているところにした。

いくつもの魔道具が並んでおり、普段目にする通常日用品よりも数倍値段が高くなっているのがわかる。

「今後何かあった時のために、テントとかも買っておこうか」

今も俺の『異空間収納』には通常テントやバーベキューセットが入っているが、魔道具に新調してもいいかもしれない。

ひなと藤井《ふじい》くんとも相談しながら、雨が降った時用に大き目なアンブレラテーブルとチェアを購入し、大き目なテントも購入する。『異空間収納』を使えば展開したまま収納できるので大きさは気にしなくてもいいからね。

会計を済まそうとしたら、俺より先にひなが会計を済ませてしまった。

支払う際に店員の表情が一変して、ひなにペコペコと頭を下げるあたり、どこに行っても神威《かむい》家の威光というものを感じる。

「ひな。パーティー資金で十分支払えるけどよかったのか？」

「うん！　お母さんからもパーティーのためにお金を使ってほしいと言われているんだ」

「使ってほしい……？」

「お金って使わずに一か所に集まっているだけだと経済が回らないんだって。両親も無駄遣いはしないけど、必要な物があったら極力こうして買い物をして経済を動かしたいみたい」

なるほどな……でもそれって俺が持っているパーティー資金が減らないから、結果的に同じことになるのではないのか……？

「わかった。ありがたく使わせてもらうよ」

「うん！」

「買い物も終わったし、詩乃《しの》の様子を見に行こうか？」

「行きたいん……だけど、私がいるといろいろ大変なことになると思う」

「あ……神楽《かぐら》家と仲悪いあれか」

朱莉《あかり》さんもあんなに怒ってたもんな。

「それなら僕もちょっと行きたいとこがあるから、今日は解散にする？」

「そうだな。夕方には神威《かむい》家に向かうよ」

「僕は別のところで食べてくるから、今日は寮に真っすぐ戻るよ」

「わかった～」

そして俺達三人はそれぞれ背中を向けて、各々《おのおの》が目指す場所に向かって歩き出した。

雨のせいなのか、どこか藤井《ふじい》くんの目にも悲しみの色が見えたのが気になる。

平日で雨ということもあり、通りを歩く人は殆《ほとん》どいない。

雨の音に包まれながら詩乃《しの》の家の前に着いた。

えっと……友人だと言えばいいのかな？

インターホンを押そうと玄関に向かったその時――玄関が乱暴に開けられて大柄の男性が出てくる。

詩乃《しの》の兄、神楽斗真《かぐらとうま》さんだ。

「ちっ……」

舌打ちをしながら出てきた斗真《とうま》さんと目が合う。

「てめぇ!!」

一瞬で距離を詰められ、胸元を摑《つか》まれて怒りに染まった目が俺を睨《にら》む。

「てめぇのせいで詩乃《しの》が……クソが！」

そのまま殴られそうになったが、拳が振り下ろされることはなく、突き飛ばされてしまった。

「あ、あの……？」

「てめぇ。自分が何をしたのかわかってるのか⁉」

「お、俺がですか？　すみません……何か詩乃《しの》にあったんですか？」

「何があった⁉　てめぇは自分がやったことに自覚すらないのか！」

「⁉」

一体詩乃《しの》に何が……？　さっきひなへのコネクトメッセージでは少し熱があるとだけ……。いや、詩乃《しの》はいつも気丈に振る舞っていて、誰かに心配かけないようにしている。もし辛《つら》いことがあっても相談できずに、自分で何とかしようとしてるのがよくわかる。

「……どうして詩乃《しの》がてめぇみたいな男を好きになったのかはわからないが、俺はてめぇなんぞ、認めねぇからな！」

一方的な怒りをぶつけられる。慣れているとはいえ、大事なパーティーメンバーの家族にこういう怒りを向けられることはとても悲しい。

だがそんなことなど、どうでもいい。今俺ができることをやるべきだ。詩乃《しの》のために。

急いでポーションを三本取り出す。

「あの！　もし詩乃《しの》に何かケガとかあったなら、このポーションを……！」

「バカ野郎！　そんなもんで治るならとっくに治してる！」

それも……そうだな。

「……自分の目で今の詩乃《しの》がどうなってるのか、ちゃんと見て後悔でもしてろ。俺は……詩乃《しの》のためなら命だって投げ出しても構わない」

何か覚悟が決まったような目になった斗真《とうま》さんは、そのままどこかに去ってしまった。

俺のせいで詩乃《しの》の身に何か大きなことが起きているのは間違いない。

急いで立ち上がり、スキル『クリーン』で汚れた身だしなみを整えてインターホンを鳴らした。

「どちら様でしょうか？」

「あ、あの！　神楽詩乃《かぐらしの》さんのパーティーメンバーの鈴木日向《すずきひなた》といいます！」

「!?　少々お待ちくださいませ」

少し待っていると綺麗《きれい》なメイド服を着た女性が傘を差して門を開いて出てきた。

「いらっしゃいませ。日向《ひなた》様。詩乃《しの》様からは聞いております。中へどうぞ」

「ありがとうございます」

彼女に案内されて中に入る。

外からでもわかるように、神威《かむい》家の和とは真逆の洋風な造りになっている。

入ってすぐに庭が広がっており、噴水があり美しくライトアップされている。さらに周りには見たこともない植物が美しく咲いており、幻想的な雰囲気を見せていた。

中も洋風の造りで、大理石で作られた廊下は、壁とライトが一体型になっていて明かりを灯《とも》していた。

一階からエレベーターに乗り込み三階へ向かう。

ゆっくり上がるエレベーターから見える景色も、庭と塀の外が一望できて、非常に美しい。

三階のとある部屋の前に着くと、メイドさんは扉の隣にあるインターホンを押す。すると、インターホンの下の壁からキーボードのようなモノが突出して、メイドさんは慣れた手つきで何かを入力した。

数秒もしないうちに分厚い扉が鈍い音を響かせながらゆっくりと横にスライドして開き、中からいつもと変わらない詩乃《しの》が驚いた表情で出てきた。

「日向《ひなた》くん⁉」

「詩乃《しの》。急にお邪魔してごめんな」

「ううん！　ど、どうぞ！」

彼女に誘われ、部屋の中に入った。

そこで気付いた点が二つ。

一つは扉の厚み。通常の扉の厚みなんてせいぜい五センチほどもないと思うし、体育館などの扉でさえも十センチくらいだ。それに対して詩乃《しの》の部屋の扉は十センチくらいの扉が四重になっている。横開きだから気付きにくいが相当分厚い。

そして、もう一つ。他でもない詩乃《しの》の健康状態そのものだ。

ここに来るまでの間、発動させ続けていろんな人の健康状態を見てきた。大半が『健康状態：良』や『健康状態：悪』などが多かった。中でも『悪』の場合、どの部分がというところが書かれたりしていた。

今の詩乃《しの》は『健康状態：最悪』になっており、そこには『頭痛』『めまい』『ストレス過多』『呼吸困難』が書かれている。

あまりにも健康状態が悪いことに驚いてしまったが、スキル『ポーカーフェイス』を使って顔には出さないようにする。

気になるか所がもう一か所あるが、その理由を今から調べることにする。

「詩乃《しの》？　体調よくないのか？」

「大丈夫！　ちょっと休めばすぐ治るよ！　心配かけてごめんね？」

「詩乃《しの》はすぐに無理しちゃうからな」

「えへへ……そんなつもりはないんだけどね……」

「いやいや。俺と詩乃《しの》が初めて会った時だってそうだったよ」

「えっ……と。だって……あの時は仕方なかったよ……」

恥じらうように顔を赤らめる詩乃《しの》がまた可愛《かわい》らしい。

「ひなは神楽《かぐら》家に来ると大変なことになるかもって、先に家に帰ったよ。藤井《ふじい》くんは別の用事で出掛けたんだ」

「そうなんだ！　うんうん……神威《かむい》家にはよくしてもらってるけど、まだうちは神威《かむい》家と仲良くしたい考えはないからね……」

普通に喋《しゃべ》ってはいるけど、明らかに顔色が悪い。

それにもう一つ気になることがある。

「詩乃《しの》？　一つ聞いていいかな？」

「う、うん？　どうしたの？」

「どうして部屋の中でも――イヤホンをしてるんだ？」

「え、えっと、日向《ひなた》くんだってわかるでしょう？　私の力……イヤホンしてないと音が……」

「もちろん知ってるから聞いているんだ。この部屋。ただの部屋じゃないよな。外部の音を遮断する力があるのか外の音が全然入ってこない。窓や換気扇一つないしな」

「っ⁉」

「詩乃《しの》は普段部屋の中ではイヤホンを付けなくても生活できるって、以前言ってたよな？」

「それ……覚えていたんだ……」

「メンバーのことを忘れたりしないよ」

「そっか……」

『健康状態：悪』の悪い部分と一緒に病名が書かれるはずなのに、詩乃《しの》には病名がない。いや、正確には病名がないんじゃなくて――騒音被害に遭っているだけだと思う。

「耳……強くなったんだね？」

わざと念話ではなく声だけで話す。その声が本来なら届くはずがないのに今は届いている。音を遮断するイヤホンも魔道具の一種で特殊な力で音を遮断しているが、詩乃《しの》の聴力が強くなりすぎてしまい遮断し切れてない音を拾えるようになってしまったんだ。

「!?」

「いつから……?」

詩乃《しの》は酷《ひど》く悲しそうな表情を浮かべて俯《うつむ》いた。

「イレギュラーの……少し前……から………」

「そんな早くから……どうして俺に言ってくれなかったんだ?」

詩乃《しの》だってイヤホンでは防ぎ切れないのを知っていたはずだ。ダンジョンに入らなければ、強くなるのを抑えて辛《つら》い目に遭わずに済んだはずだ。

俺やひなと一緒にダンジョンに潜ればより強くなりやすい。詩乃《しの》は俺達の中でも誰よりも前を走っていたくらいだから。

彼女は……自分の力が強くなるのを知っていながら、イヤホンが効かなくなるのを知りながら歩き続けた。

その理由が……俺にはわから…………な……………まさか。

「詩乃《しの》」

悔しそうに歯を食いしばる詩乃《しの》。

「まさか……俺やひなと……一緒の時間を過ごしたくて無理してでもついてきたのか？」

「ち、違うの！　二人のせいじゃない！　わ、私は強くなればきっと聴力だって自分で調整できるって信じて……それでみんなに迷惑かけなくてもよくなるはずだって……」

「詩乃《しの》……」

「本当なの！　本当に……」

大粒の涙が彼女の目から零《こぼ》れ落《お》ちる。

こういう時どうするべきかはよくわからないけど、少なくとも彼女をこのままにするのだけはよくないと思う。

俺はゆっくり彼女に近付いて、優しく抱きしめた。

「詩乃《しの》……ごめんな。詩乃《しの》の頑張りに気付いてやれなくてごめん」

彼女はここに来るまで悩んでいた全てを流すようにただただ涙を流した。

俺がもう少し早く気付いてあげれば、彼女がこんな辛《つら》い目に遭わずに済んだのに……けれど、俺自身がそう思えば思うほど、今の詩乃《しの》がより辛《つら》くなるだけだ。

今までどうだったかではない。今こうなったって、これからどうするかが大事だ。俺は多くの人からそれを学んだ。

地元に戻った時だって『レベル0』であっても胸を張って仲間を信じていいことを学んだ。

今度は俺がみんなを守る番だ。

「詩乃《しの》？　そのイヤホンは魔道具なんだよな？」

「うん……」

「それよりも強い魔道具を開発できれば止めることができるよな？」

「うん……」

「でも神楽《かぐら》家の力を以《もっ》てしても開発することができずに困った……と。そういえば、さっき会った斗真《とうま》さんは何か方法がある感じだった。何か知らないか？」

「お兄ちゃんが……？　ううん。何も聞いていないよ……？」

となると詩乃《しの》には秘密にしていたに違いない。

彼が命を懸けても何とかできる方法……考えられるのは、強力なダンジョンで素材を取ってくる？　でもそれなら斗真《とうま》さんの力で仲間に頼ることだって可能だ。

斗真《とうま》さんのことも気になるが、今は目の前の詩乃《しの》に何をしてあげられるかだ。

スキル『念話』で声は届けられるようになったが……聴力を奪うようなことはできない。

そういえば、俺のスキルって自分が強くなったり、自分が何かできることが増えるだけで、誰かに何かをしてあげられるスキルは少ないな。せいぜい『クリーン』くらいだ。それだって効果としてはありきたりのものだ。

詩乃《しの》の能力を封印する力がもしあれば……。

ないものねだりをしても仕方がない。何とか彼女のイヤホンを強化する方法を探そう。

神楽家《かぐら》が財閥なのはわかる。それだけ伝手《つて》や技術力があるのも知ってる。でもそれは万能ではないはずだ。

一つ思い当たることは、以前ひなのお父さんと話した時、神威《かむい》財閥の職場を案内してくれると言ってくれたことだ。

神威家《かむい》と神楽家《かぐら》は仲が悪いってことは、お互いに技術提携なんてないはず。もしかしたら、詩乃《しの》のイヤホンを開発する手立てが神威家《かむい》にあるかもしれない。

「詩乃《しの》。何とか俺にできることをする。だから……待っていてくれるか？」

「日向《ひなた》くん……」

「こんなに辛《つら》くなるまで頑張ってくれてありがとうな。あとはリーダーである俺に任せてくれ」

詩乃《しの》は大きな目から大粒の涙を落としながら、大きく頷《うなず》いた。

「うん……私……待ってる。ちゃんと待ってる」

「ああ。待っていてくれ」

辛《つら》い中、それでも笑みを浮かべてくれる詩乃《しの》の頭を優しく撫《な》でて安心させる。

彼女の頑張りに応えるためにも、俺は次の目的のために神楽家《かぐら》を後にした。

真っすぐ向かうのは神威家《かむい》。

いつもなら詩乃《しの》や藤井《ふじい》くんと連れだって一緒に来る神威《かむい》家なのに、一人だけで来ると何だか新鮮な気持ちになる。

その時、神威《かむい》家から放たれる小さな異変を感じた。

屋敷《やしき》全域に、弱いけど冷気が漂っているのを感じる。

インターホンを鳴らすとメイドさんが扉を開いてくれて中に入る。

その時、念のため発動していた『体調分析』に映るメイドさんの健康状態は『健康状態：悪』と書かれており、病名に『冷え性』となっている。

他にも通路を通るメイドさん達の健康状態に同じものが見える。

何だか屋敷《やしき》の中に冷気みたいなものが感じられる……？

ただ、俺が入った周囲から冷気が消えていくのがわかる。

この冷気って……絶氷《ぜつひょう》の冷気か？

「お待たせ」

「いらっしゃい。日向《ひなた》くん。詩乃《しの》ちゃんからこちらに向かったって連絡もらったよ〜」

「それはよかった。ひな？　何だか屋敷《やしき》に冷気が広まってないか？」

「えっ？　そ、そうかな？」

「ああ。それにメイドさん達もみんな体が冷えているみたいで……」

ひなは目を大きく見開いた。

何か思い当たる節があるようで、一瞬表情が崩れたが、すぐに辛《つら》そうな微笑《ほほえ》みを浮かべた。

詩乃《しの》はレベルが上がり、聴力が強くなったという。

――では、ひなは？

先日、朱莉《あかり》さんとの稽古の時に見たひなの冷気。俺と初めて会った時よりも強くなっている気がした。

それは――気のせいではなかったということだ。だって、詩乃《しの》が強くなったってことは、ひなだって強くなっていても不思議ではない。

「ひな。一つ聞いてもいいか？」

「う、うん？」

「ひなは普段冷気を止めていると言っていたけど……寝ている時はどうしているんだ？」

「⁉　え、えっと……部屋で……寝てて……」

「ごめん。女性の部屋を見せてほしいというのは失礼かもしれないけど……見せてもらうことはできる？」

「…………」

屋敷《やしき》に広がっている冷気は『絶氷融解《ぜつひょう》』である程度感じることができる。その冷気がもっとも強い場所。それは屋敷《やしき》の中ではなく――何故《なぜ》か離れた庭の向こうだ。

以前見た庭に高い建物などはなかったので、もしそこに部屋があるとするなら……。

「ひな。詩乃《しの》もそうだったけど、困ったことがあったら何でも言ってほしいんだ。俺は頼りないリーダーかもしれないけど、困ったことはメンバーみんなで一緒に悩めば、解決できることだってあると思う」

「でも……私……日向《ひなた》くんにしてもらってばかりで……」

「そんなことはない。ひなに会えたから俺もここまで来られた。ひながいなかったら何も始まらなかったよ。詩乃《しの》と出会ったのだって、ひなと出会ってもっと強くなりたいと思ったからなんだ。これもひなのおかげだよ」

落ち込んだひなはゆっくりと首を縦に振って力が抜けたように立ち上がった。

そして向かった場所は屋敷《やしき》の中ではなく――離れた庭だった。

庭で外履きを借りてそのまま奥に向かうと、現れたのは巨大な鉄の箱だ。

鉄色の冷たい気配。中から漏れ出している冷気もあり、周囲には凍っている植物もある。

「まさか……これがひなの部屋⁉」

「うん……」

「っ！　こんなの……！　部屋じゃないじゃないか！　これはただの……ただのっ……！」

「小僧」

後ろから声が聞こえて振り向くと、少しケガをしているお爺《じい》さんがいた。

「お爺《じい》さん！　ケガが……」

「何。これしきのこと」

「おじいちゃん！」

「ひなた。気にするな。お前のせいじゃない」

急いでポーションを取り出してお爺《じい》さんに振りかける。

「いいのか？　こんな高いもんをおいそれと」

「俺が使わなくてもひなが使いましたから。それに物はまた取りにいけばいいですから。お爺《じい》さん。ひなが最近強くなってしまって、冷気を封じていた部屋が機能しなくなったんですか？」

「……そうじゃな」

ひとまず、周りの絶氷《ぜつひょう》を溶かすと寒さが一気に消え去る。

さらに鉄箱の中にある絶氷《ぜつひょう》も全て溶かした。これで今は冷気を止めることはできたが、いずれひなが眠ったらまた広がってしまう。

うちの実家で眠った時は、俺の『絶氷融解《ぜつひょうゆうかい》』の範囲内だったから問題なかったのか。

何故《なぜ》その時に気付かなかったんだろうか。彼女が眠った後、絶氷《ぜつひょう》が吐き出されている実情を感じていたはずなのに、普段も出している冷気のことに気が付けなかった自分に苛立《いらだ》ちを覚える。

……いや、違うな。前の自分に苛立《いらだ》つべきではない。今、彼女に対して何ができるかを考えるべきだ。

「小僧」

「はい」

「小僧がひなたと一緒に眠れば、問題ないんじゃがな」

「⁉」

ひ、ひなと一緒に寝る⁉

い、い、いや……さすがに男女で寝るなんて………。

「くっくっ。向こうでは隣の部屋同士だったんじゃろ？」

「へ？　あ……はい。そうですね。それだと俺のスキルの範囲内ですから」

「でも！　それだと毎日日向《ひなた》くんに無理して私の近くにいてもらわないといけないし……」

ひなは申し訳なさそうに言った。

彼女が言いたいこともわかる。俺としては彼女が普通に生活できるなら近くにいてもいいと思ってる。でもそれは何かの拍子で亀裂が生まれたら……？　もしひなが俺の顔色を窺《うかが》って、本当は嫌なのに頷《うなず》くしかできなくなったら……？　対等な関係でパーティーメンバーになれないとしたら……？

そう思うと、ひなも詩乃《しの》も俺に何の相談もできなかったのは、そういう理由……だったかもしれないな。

「まあよい。いずれはそういうこともあるだろう……今は朱莉《あかり》が魔石を取りに行っている。それが届けば、またひなたもあの部屋で眠れるはずじゃ」

「魔石……？」

鉄箱も大きな魔道具だ。魔道具は基本的に魔石で動く。ただ、見た感じ今でも鉄箱は動いていて魔石はセットされているはず……？

「お爺《じい》さん。魔石って今セットされているように見えるんですが……？」

「ああ……通常魔石じゃな。朱莉《あかり》が向かったのは……世界にたった一つしかない魔石じゃ。それがたまたま近くにあって、それを取りに行ったのじゃよ」

そんな凄《すご》い魔石が近くにあるなら、どうして今まで取りに行かなかった……？　しかも神威《かむい》家であり、日本国の大将でもある実力者の朱莉《あかり》さんが……？

「……どうして今まで取ってこなかったんですか？」

お爺《じい》さんの鋭い目と俺の目が合う。

「神楽《かぐら》家と争っていてのぉ……朱莉《あかり》と斗真《とうま》の小僧が戦うことになるじゃろうて……」

「お姉ちゃんと⁉」

「っ⁉　それって大将二人で争うってことですよね？　まさか、戦うんですか⁉」

「そうなるじゃろうな。神楽《かぐら》の娘も強くなってしまったからのぉ……斗真《とうま》の小僧が譲るはずもない」

その時、大きな点と点が繋《つな》がった。

今日会った斗真《とうま》さんが命を懸けてでも詩乃《しの》を守ると言った言葉の意味。

朱莉《あかり》さんが魔石を取りに行ったという意味。そして——魔石。

買取センターでは紫色の魔石を買うというプラカードが掲げられていた。俺が売ったその魔石は名前を『魔石Δ《デルタ》』とされ、価格は一億円を超える。あれからさらに値上がりしたところまでは確認している。

あの魔石が世界にたった一つだけなはずはないと思う。だって俺でも手に入れた魔石だ。

でもどうしても『魔石』という言葉を聞くと、『魔石Δ《デルタ》』のことが頭にちらつく。

その全てが一つに繋《つな》がった場合——俺がたくさん持っている『魔石Δ《デルタ》』を出せば、朱《あか》莉《り》さんと斗真《とうま》さんの戦いを止められるかもしれない。

朱莉《あかり》さんとひなの稽古でもあれだけ激しい戦いだった。それを命を懸けた上にお互いに日本を代表するくらい強い人同士での戦いとなるとどうなるかくらい……俺でも想像がつく。

「お爺《じい》さん。朱莉《あかり》さんと斗真《とうま》さんが本気でぶつかったらどうなりますか？」

「……大惨事じゃろうな」

「それだけ大規模の戦いとなると、普通のところでは戦わないと思うんですが、二人はどこで戦うんですか？」

「そうじゃな。多分じゃが……ずっと東に行った海を越えた人工島じゃろうな。政府の兵器の実験場として作られておるからのぉ」

今から急げば間に合うかもしれない。

「ちょっと用事を思い出しました！　また来ます！」

「日向《ひなた》くん⁉」

「あ！　ひな！」

「うん？」

「何とかできるように頑張ってみるよ。だから――待ってて」

ポカーンとした表情を浮かべていたひなだったが、すぐに笑顔になる。

「うん。待ってる」

ニコッと笑ったひなの絶氷《ぜっぴょう》を受け止める。

すぐに無表情に変わったひなを見届けて、俺は神威《かむい》家を後にした。

新規獲得スキル

フェイト

愚者の仮面

Fate

アクティブスキル

周囲探索	手加減	
スキルリスト	念話	
魔物解体	ポーカーフェイス	
異空間収納	威嚇	
絶氷融解	フロア探索	
絶隠密	クリーン	
絶氷封印	体調分析	
魔物分析・弱		

Active skill

パッシブスキル

異物耐性	武王	睡眠効果増大
状態異常無効	緊急回避	視覚感知
ダンジョン情報	威圧耐性	注視
体力回復・大	恐怖耐性	絶望耐性
空腹耐性	冷気耐性	体調分析
暗視	凍結耐性	
速度上昇・超絶	隠密探知	
持久力上昇	読心術耐性	
トラップ発見	排泄物分解	
トラップ無効	防御力上昇・中	

レベル0の無能探索者と蔑まれても実は世界最強です2
～探索ランキング1位は謎の人～

第10話 最強VS最強VSレベル0

三週間ぶりに着用した『愚者ノ仮面』。

顔を全て覆うこの仮面は、着用すると普通の感覚ではなくなる。目でしか見ることができない視界が全方位見られるようになり、瞬《まばた》きすら必要なくなる。いや、存在しない。さらに全身から力が湧き出る。

いつも使ってるわけではないので、中々慣れないが、昨晩『ポーション』を取りに行く際に慣れておいてよかった。

それにスキル『絶隠密《おんみつ》』も久しく使っていなかったので、こちらも慣れておいてよかった。

今俺は、全速力で東に向かっている。

『愚者ノ仮面』と『速度上昇・超絶』のおかげで凄《すさ》まじい速度で走ることができている。

これなら実家に戻るにも列車を利用せずともそう時間が掛からずに戻れそうだ。

通り過ぎる景色を堪能《たんのう》する暇もなく、俺は降りしきる雨の中を進み、海辺に辿《たど》り着《つ》いた。

ここからお爺《じい》さんが言っていた人工島がどこにあるかはまったく見えない。

しかし、こんなところで足を止めている場合ではない。もし二人を止めることができず、戦いによってどちらか……いや、どちらにも大きな犠牲があったら、ひなや詩乃《しの》に顔向けができない。

件《くだん》の魔石がもし俺が売った『魔石Δ《デルタ》』なら……『異空間収納』にはたくさん入っているし、二人を納得させられる。

それにいつでも取りに行けるはずで、ひなと詩乃《しの》のためならいくらでも魔石をあげたい。

今は考えるより先に足を動かして人工島を探そう。

俺は広大な海に足を踏み入れた。

『愚者ノ仮面』は視界が広がり身体能力が上がるだけではない。体も非常に軽くなり、木の葉の上にすら立っていられるほどになる。だからといって体重が消える感じではないので、攻撃に体重が乗らないなんてことはなく、普段の動きとそう変わらない。ただ、不思議な力で普通ではありえないことを成せるようになる。

仮面状態で走っている時に池に足を踏み入れたことがあったが、水面に立つことすらもできるようになっている。海面を走ることくらい仮面を発動させていれば簡単だ。

急いで広大な海を走り回る。全速力で風雨による荒波が来てもそれを飛び越えながら高く飛び上がり空中で島を探す。

それを何度か行っていると、はるか遠くに小さな影が見えたので近付くと、巨大な船のような、まさに人工島というものが見える。

急いで近付いていくと向こうからとてつもない力が二つ伝わってくる。間違いなく――

朱莉《あかり》さんと斗真《とうま》さんだ。

荒波を考えれば真っすぐ走るより飛び跳ねて進んだ方が速いと判断したので、全力で島に向かって飛び跳ねながら進む。

近付くに連れ、向こうからいつか見た全てを燃やし尽くす爆炎と、目に見えるほどの暴風が島の両端に立ち上る。

っ……このままでは始まってしまう！　何かいい方法はないのか⁉


《困難により、運命『愚者』の力『黒雷《こくらい》』の第二の力『迅雷《じんらい》』を獲得しました。》

黒雷《こくらい》というのは、仮面を被《かぶ》ると使える黒い雷のことだな。ちゃんと名前が付いていたんだな。

第一の力は攻撃。触れたモノに強力な雷のダメージを与えるのは、仮面状態で何度も確認している。ただ、不思議と、これで倒された魔物は跡かたなく消えてしまう。素材がなくなるのであまり使わない。

第二の力『迅雷《じんらい》』。初めて使うけど、どうしてか手足のように使い方がわかる。この力は――超高速移動。

体が黒い雷となり一瞬で人工島の上空に辿《たど》り着《つ》いた。

島では朱莉《あかり》さんと斗真《とうま》さんが力を解放し、ぶつかり合う寸前だった。

もう一度『迅雷《じんらい》』を使う。一度目でわかったけど、この力は消耗が激しい。『黒雷《こくらい》』の時はそれほど体力の消耗はなかったが、『迅雷《じんらい》』は全身に重りが付いたかのような大きな消耗を感じる。

だが背に腹は代えられない。二人がぶつかる前に……止めるっ！

真っ赤に燃える爆炎と荒々しく吹き荒れる暴風の拳同士がぶつかり合う直前。俺の『迅雷《じんらい》』による移動で二人の間に割り込んだ。

一瞬の出来事に朱莉《あかり》さんと斗真《とうま》さんの視線がお互いから一瞬俺に向く。だが二人の拳は勢いに乗り、止まることはできない。

両腕に『黒雷《こくらい》』を全力でまとわせ、二人の攻撃をそれぞれずらす。

左腕で斗真《とうま》さんの暴風を左に、右手で朱莉《あかり》さんの爆炎を右にずらす。

もしスキル『武王』や『注視』がなければ、絶対に不可能だった。つくづくお爺《じい》さんには感謝するばかりだ。

二人が放った強力すぎる力は爆炎と暴風となり、海をも切り裂いた。

《困難により、スキル『熱気耐性』を獲得しました。》

《困難により、スキル『炎耐性・超絶』を獲得しました。》

《困難により、スキル『暴風耐性』を獲得しました。》

《困難により、スキル『風耐性・超絶』を獲得しました。》

《困難により、スキル『裂傷耐性』を獲得しました。》

暴風に抉《えぐ》り取《と》られた海と爆炎に蒸発した海。超巨大なクレーターが二つ、人工島の左右に作られた。

「何者だ」

「誰だ……？」

朱莉《あかり》さんと斗真《とうま》さんから同時に声が聞こえ、すぐに二人の攻撃の続きが俺に向けられる。

自分が日本最強である二人に真っ向から勝負できるとは思えない。だが、『愚者ノ仮面』の力が最大に発揮できれば……数撃は耐えることができるかもしれない。

本来なら攻撃の力だが両手にまとわせた黒雷《こくらい》で二人の攻撃を爆炎と暴風の力で消滅させる。

二人は休む暇もなく攻撃を加えてくるが、それを全て打ち消していく。

そんな中、斗真《とうま》さんの強烈な蹴りが俺の腹部に叩《たた》き込まれ、遠くまで吹き飛ばされた。

《困難により、スキル『防御力上昇・中』が『防御力上昇・大』に進化しました。》

すぐに朱莉《あかり》さんと斗真《とうま》さんが再度戦い始めるのが見えた。

吹き飛ばされている途中で三度目の『迅雷《じんらい》』を使い、また二人の間に割り込む。

《困難により、スキル『体力回復・大』が『体力回復・特大』に進化しました。》

三度目の『迅雷《じんらい》』で重くなった体が少し軽くなった。

二人の拳を同時に下から打ち上げると、爆炎と暴風が上空に飛ばされながら混ざり合い、大爆発を起こして人工島全土に熱気が降り注いだ。

「俺はヒュウガ。戦いをやめてもらいたい」

「お前は何者で、どうして戦いを止めようとする」

「この戦いに意味はない」

「意味がないなど、お前に何がわかる！」

俺は急いで懐《ふところ》から取り出すふりをしながら『異空間収納』から『魔石Δ《デルタ》』を取り出した。

「これが目的か？」

「「それは⁉」」

もう一度懐《ふところ》にしまうと、俺を殴る寸前で二人とも手を止めた。

ここに来るまで相当な覚悟を決めており、俺が現れてからも攻撃の手をいっさいに止めなかった。それだけお互いの実力は拮抗《きっこう》しており――――油断した方が負けるから。二人とも攻撃を止められなかったのも頷《うなず》ける。

「ヒュウガとやら。言い値で構わない。それを譲ってくれ」

「その言い値の半分はうちが持とう。斗真《とうま》もそれでいいな？」

「構わん。もう一つは軍部が持っているからな」

ふう……これなら何とか話し合いに持ち込めるな。むしろ、このままここに置いて逃げれば見逃してくれたりするだろうか？

そんなことを思っていると人工島に巨大な何かが降ってきた。

鈍い音と地響きを鳴らしたそこには何やら水蒸気のようなものが立ち上り、中が全く見えなかった。

次の瞬間、雨風によって水蒸気の中から姿を現したのは――――また見慣れた人物だった。

「お父様」

「朱莉《あかり》……斗真《とうま》くん。戦いは……間に合わなかったようだが、現状を聞かせてもらえるか？」

朱莉《あかり》さんと斗真《とうま》さんが日本最強であることは知っていた。その上で、神威《かむい》家のお爺《じい》さんとおじさんも相当強いのは知っていたはずだが、こうして本気になった状態だからこそ、初めておじさんの強さを感じることができた。

朱莉《あかり》さんや斗真《とうま》さんに引けを取らない。つまり……おじさんもまた日本最強クラスの戦力であるのがわかる。

「二人は『魔石Δ《デルタ》』を巡って戦いに向かったと連絡をもらったのだが、間違いではないみたいだな」

「お父様……私はひなたのためなら命など……」

「バカモノ！　そうやって懸けた命にひなたが喜ぶとでも思うのか！」

「それは……」

「それにひなたなら解決策もある。ただ相手の意見もあるだろうが、神威《かむい》家の全てを出してでも説得すれば、魔石よりも快適な暮らしができる！」

「……日向《ひなた》ですか？」

「ああ。彼の許諾を得ているわけではないが……ひなたの現状に最も力になるのは、『魔石Δ《デルタ》』でもなく、他の誰でもなく日向《ひなた》くんだ」

「ですが、かの男が嫌がった瞬間、可能性は全て消えます。人の関係性というのは脆《もろ》いもの。

神威家《かむい》としての対策を先に講じておくべきです。ひなたのためにも」

「それはわかっている。だから、先に危機に陥ってる神楽家《かぐら》に譲ろうと言ったのだ。少しでも時間を作り『魔石Δ《デルタ》』を探し出す。神威家《かむい》を上げて全世界を探している」

「それで一か月も待ちました。その間もひなたはどんどん強くなり……」

やはりひなのレベルが上がり、強くなっていくのは家族にとって大きなことだったんだな。

それもそうだな。実際今日見た神威家《かむい》の使用人だけじゃない。もっと強くなったら、誠心町《せいしん》、ひいては日本全土が危険にさらされる。

そうなると彼女はどうするのだろう？　思いつく最悪は南極のような場所に幽閉してしまい、ひなをずっと一人にしてしまうこと。日本国民の危機となるなら、そういうことだってあり得るかもしれない。

もしひな自身がその事実を知れば、本人が自ら日本から発《た》つことだってあり得る。それを知っている朱莉《あかり》さんだからこそ、こんなにも焦《あせ》っているんだ。

斗真《とうま》さんだってそうだ。詩乃《しの》は部屋内でもイヤホンを付けてようやく生活できる。普段ならイヤホンを外せる部屋ですら狭く感じざるを得ないはずだ。

二人の妹達を思う気持ちが痛いほど伝わる。

俺《日向》がここにいることは知られたくない。俺が『魔石Δ《デルタ》』を渡したとなると、朱莉《あかり》さんが言っているようにひなも詩乃《しの》も俺に気を使うことになる。いつでも取れる簡単な魔石一つで、嫌なことがあっても全て我慢してまで無理して俺の隣に立とうとするはずだ。

それは本当の意味でのパーティーなのか？　俺は……違うと思う。お互いがお互いを支えながらも認め合うパーティーになりたい。嫌なことは嫌だって言ってくれるような、そんな仲間でいてほしいんだ。

「『魔石Δ《デルタ》』が必要なようだな」

俺の声に三人が注目し、一気に緊張感が走る。

「彼は……？」

「突然戦いの間に割って入った者で『魔石Δ《デルタ》』を持っています。名をヒュウガと言うそうです」

「何だと⁉　――――ヒュウガ殿。言い値で構わない。何でも条件を出してくれ」

おじさんも朱莉《あかり》さんや斗真《とうま》さんと同じことを言うんだな。ますますひな達が家族からどれだけ愛されているのかがわかる。

「娘達の命が買えるなら安いものだ。俺は斗真《とうま》くんにだって無駄な犠牲になってほしくはない」

「昌《あきら》さん……」

「斗真《とうま》くんが詩乃《しの》ちゃんをどれだけ想《おも》っているのかは知っているさ。だからこそ、ここで大きなケガでもしたら、詩乃《しの》ちゃんが悲しむ。ここは何が何でも『魔石Δ《デルタ》』を買い付けて、みんなで無事に帰ろう」

いつの間にか三人と俺の交渉が始まった。

正直、何でもいいというか……お金はもう必要なくなった。家のローンもないし、生活費も十分に足りてるし、ひな達が譲ってくれる素材でパーティー資金を引いても余ってる。

となると、何か別な物の方がいい気がする。

タダで置いてってもいいんだけど……それだとますますバレる可能性があるからな。

「お金はいらない」

「なら欲しい物はなんだ？」

欲しい物……と言われてもすぐには出てこない。

そういや、メンバー全員が使っているマジックウェポンでもいいような……それだとお金を貰《もら》って自分で買えるものな。マジックウェポンは難しいな。一点物とかになると俺が持ってるとまたバレる原因にもなりそうだし……。

三人は期待の眼差《まなざ》しを俺に向けてくる。

くっ……どうすれば……こういう時、詩乃《しの》なら何て交渉するだろうか？

その時、ふと気になることがあった――『スキル』という言葉である。

お爺《じい》さんはひなと結婚なんて言い、教えてはくれなかった。何か言えない事情があると言っていたから、俺が神威《かむい》家に連なる者になれば教えられると。

神威家《かむい》だけの情報なのか、はたまた国としての情報なのか、そのどちらもか。

「――――『スキル』。その言葉をご存じだろうか？」

「……ああ。知っている」

「スキルの詳細、スキルに関すること全てについて、それを教えてもらえるなら、こちらの『魔石Δ《デルタ》』を譲ろう」

「まさか、それを調べるためにわざと『魔石Δ《デルタ》』を買取センターに流したのか？『魔石Δ《デルタ》』の価値を我々が調べ尽くした頃に、こうして交渉に来るために？」

えええええ⁉

「なるほど……『魔石Δ《デルタ》』ほどの魔石を買取センターで、はした金で流した理由も納得いきますね」

い、いや……そういうわけじゃ……。

「こうして俺達はまんまとこの男の手のひらの上で踊らされたということか……だが、それで詩乃《しの》が少しでも楽になれるならどうでもいいことだ。いくらでも踊らされてやろう」

二つ……売っておけば……よかったかな……。

「ヒュウガ殿。その提案はわかった。神威家《かむい》の名に懸けて、国家機密の分までしっかり持ってこよう」

国家機密⁉

「ただ……あまりの機密ゆえ、情報はヒュウガ殿以外の人に漏らさないでほしい。『魔石Δ《デルタ》』を購入するこちら側からの条件で大変申し訳ないのだが、国家機密が国外に漏れてしまい、国民に大きな危険を伴わせたくはないのだ」

はい。絶対に誰にも漏らしません。ただ知りたかった情報だから、知らなくてもいいといえばいいから……はぁ……。

「問題ない。ではこちらの『魔石Δ《デルタ》』を譲ろう」

「情報をまとめるのに三週間ほど時間を貰《もら》えるだろうか？」

「構わない」

「感謝する」

「三週間……っ……」

「朱莉《あかり》。何とか日向《ひなた》くんに頼んで三週間ほど時間を作ってもらおう」

「お父様……」

!?

「ごほん。では、後払いで構わない」

「それは本当か!?」

「もちろんだ。これ程の人達の大事な時間を奪うわけにはいかない。では――」

「待て」

意外にも俺を引き留めたのは斗真《とうま》さんだ。

彼に顔を向ける。

「どうすればお前さんに連絡が取れる」

「連絡……？」

「ああ。『魔石Δ《デルタ》』程の物を持っているお前さんなら、他にも何か大きな力を持つ素材を持っているのではないか？」

「斗真《とうま》くん。今その交渉は……」

「昌《あきら》さんは甘い。もしその素材が国外に流れれば脅威だ。考えたくないが『魔石Δ《デルタ》』がもしさらに複数あり、それが外国に流れ……軍事兵器に使われでもしたら！」

は、はい……まだたくさん持ってます……というかいつでも取りに行けると思います……。

「それもそうだな。ヒュウガ殿。どうにか連絡を取る方法を教えてもらえないだろうか。俺からもお願いする」

家族のことを一番に思いながらも、国民を背負《しょ》って立《た》つ人だからこそ、すぐに国民の安全を考える姿に安心感を覚える。

だがしかし。スマホの連絡先を教えてしまったら、それこそ俺が日向《ひなた》であると公言するようなものだ。それならここまで隠し通した意味がない。

「お父様。政府の大将携帯がまだ余っているはずです。そちらを買い取りましょう」

「朱莉《あかり》～！　それいい考えだな～俺も賛成だぜ！」

「うむ。斗真《とうま》も賛同するなら元帥も嫌とは言えないだろう」

ええ……大将携帯ってなんだよ……。

「今から元帥に連絡します」

マジックバッグから一台のスマホを取り出すと、どこかに連絡をする朱莉《あかり》さん。相手は意外にもすぐに出た。

「元帥。私と斗真《とうま》で『魔石Δ《デルタ》』を巡って戦いました」

直後、スマホからここまで聞こえるくらい「バカモン‼」と大きな声が聞こえる。

「ただ途中で『魔石Δ《デルタ》』を売った者が現れて、もう一つを売ってくれることになりました――はい。それで国が保有している『スキル』に関する全ての情報を彼に売ります。それと大将携帯を一台彼に渡して、いつでも連絡が取れるようにしたいので、大将携帯を一台、今すぐ送ってください。斗真《とうま》も賛成しています」

またここまで聞こえるくらい何か怒った声が聞こえたが、最後には納得してくれたように電話が切られた。

「皇《すめらぎ》元帥も大変そうだな……」

ボソッとおじさんが呟《つぶや》いて雨が降る空を見上げた。

それにしても三人とも体が雨に濡《ぬ》れていない。俺は『愚者ノ仮面』で雨が全部蒸発してくれている。ひなと似た状態だ。

「ヒュウガ～何か良さそうな素材あったら売ってくれよ～」

のんびり待つことになり、どうしようかなと思ったら意外にもフレンドリーに斗真《とうま》さんが声をかけてきた。

「どのような……？」

「何か肌触りが良くて、丈夫な物はないか？」

う～ん。『魔石Δ《デルタ》』と一緒に取れた兎《うさぎ》魔物の骨と皮、子豚魔物の皮とかかな？

三つを取り出すと、斗真《とうま》さんの目が豹変《ひょうへん》した。もちろん、少し離れて興味ありそうにしていた朱莉《あかり》さんとおじさんも。

「初めて見る素材だな。にしても相当丈夫そうだな」

これらは買取センターで査定不可だったから売れなかった素材だ。『魔石Δ《デルタ》』と同じ数が取れているので大量にある。それにあのティラノサウルスから取れた素材も二体分ある。

ティラノサウルスの魔石は巨大だったが、実は高く売れたりするのか……？

「なあ。ヒュウガ。こちらを買い取らせてくれないか？　まだ価値がわからないから、支払いは後日でいいよな？」

「ああ。問題ない」

「さすが『魔石Δ《デルタ》』を後払いにする程の太っ腹だな。昌《あきら》さん。共同で分析しませんか？」

「願ってもない！　ぜひ頼む」

あれ……？　そういや神威《かむい》家と神楽《かぐら》家って仲が悪いと聞いていたし、実際朱莉《あかり》さんと斗真《とうま》さんってどこかお互いに距離感があるのに、斗真《とうま》さんとおじさんの間にはそういう距離感というのが感じられない。

今度二人の関係を聞いてみようか？

素材を興味深そうに眺めている斗真《とうま》さんとおじさん。

朱莉《あかり》さんは海の向こうを見つめていた。何となく俺も手持ち無沙汰になって朱莉《あかり》さんの隣に立ってみた。

「私には妹が一人いる」

朱莉《あかり》さんはおもむろに話し始めた。

「五年前までは誰よりも明るく笑顔が絶えない可愛《かわい》い妹だった。私は男勝りな性格をしていて、いつも競争ばかりでいつしか周りと壁を作っていても、妹だけはずっと笑っていた。私だけじゃない。お父様もお爺《じい》様もお母様もお婆《ばあ》様もみんな彼女の笑顔に救われた。そんな彼女が……五年前に力を目覚めさせてから、笑わなくなった。いや、力のせいで感情を出すことができなくなって、笑えなくなったんだ」

「感情を失った……のか？」

「くっくっ。感情を失ったのなら――その方がむしろ楽だっただろう。妹は全ての感情によって、操作不能な力を発揮してしまう体質になった。常に感情を殺し……自分が好きだった人々から距離を取るしかできなくなった」

ああ……知っているよ。朱莉《あかり》さん。あの鉄箱で一人で眠り、普段も家族との会話もままならず、食事も取れず、風呂《ふろ》にも入れない。ただただ自由になる日を夢見て一人で……そんな彼女が現状に耐えられたのもきっと家族の温《ぬく》もりがあったからこそなんだろう。

彼女を守るためにこうして命を懸ける姉。姉だけじゃなく家族全員が彼女のために何ができるのか一丸となっている。みんなが支えているんだとわかる。

「最近になって一人の男が現れ、妹に自由を与えた……だが、それはより妹を苦しめる結果になった。いや、今の妹は幸せだろう。だが、あの男に捨てられたりしたら、妹はもう後戻りできない。私にはそんな妹を救うことも守ることも支えることもできないだろう。これほど悔しいと思ったことはない。妹があの力を開花させた日よりもずっとずっとな……」

す、捨てるってことはよくわからないけど、朱莉《あかり》さんの言いたいことはわかる気がする。

嫌なことを嫌だと言えない関係。そんな関係になってほしくない。それは俺もだ。ひなや詩《し》乃《の》、藤井《ふじい》くんに対して、しっかり意見を言えるようになりたい。みんな対等な関係で、パーティーメンバーとして、そんな関係を築きたい。

きれいごとだと言われても……暗闇のどん底に落ちていた俺に手を差し伸べてくれたひな、詩乃《しの》、藤井《ふじい》くんは、俺にとって大切な人達だから。

「すまないな。私の話を聞いてもつまらなかっただろう」

「いや……そんなことはない。貴女《あなた》程の強い人でも、そういう悩みを抱えるものだと知った。それに……人というのは一人では生きていけない。そういう生き物だなと改めて思えた」

「そうとも。どれだけ強くなっても誰もいない一人だけの世界では……ただつまらないだけだ」

朱莉《あかり》さんと話が終わると、海の向こうから飛んでくる小型ジェット機が見えた。

あっという間に人工島に着いた小型ジェット機から、白髪が目立つ大柄の男性が降りる。

鋭い視線が俺に向けられる。直接会うのは初めてだが、何度かテレビで見たことがある。

日本軍部最高司令官である皇《すめらぎ》元帥。

民主主義時代から続いている総理大臣は約四年ごとに変わるのに対し、元帥の座は変わることがない。これらは投票で決まるものではなく、軍部により決められるからだ。

日本国の歴史上でも最も功績が大きく、日本という国を愛している元帥と言われているのが、皇《すめらぎ》元帥である。

皇《すめらぎ》元帥は他には目もくれず、俺の前に立つ。

目の前にすると巨体とオーラに圧倒される。

「貴殿が『魔石Δ《デルタ》』を持つ男か」

「ああ。ヒュウガという」

「ヒュウガ殿。このバカ大将どもを止めてくれて、国を代表して感謝する」

何者かもわからないはずの俺に深く頭を下げる。それに伴って、習わしなのかはわからないが朱莉《あかり》さんと斗真《とうま》さんも離れた場所から同じく頭を下げた。

「こちらが大将と元帥だけが持つことが許されている連絡手段だ。電波をジャックされることもないのでどこで使っても居場所がバレることがない。逆に言えば、見つけてもらうことも不可能だ。連絡用として自由に使ってくれて構わない。だが一つだけ約束してもらいたい」

「約束？」

「こちらには日本の多くの技術者達と探索者達の努力が詰まっている。それを他国に売り渡したり技術を盗んで売《う》り捌《さば》くことだけはやめてもらいたい」

「ああ。約束しよう」

「うむ。ならばよし」

元帥は俺にスマホを渡すと、その足で朱莉《あかり》さんと斗真《とうま》さんのところに向かい、「このバカモン!!」と怒鳴りつけた。二人は悪びれた様子もなくそっぽを向いていた。

「ヒュウガ殿。乗っていくか？」

「いや。俺はここでいい」

「そうか。ではこちらの準備ができ次第連絡する」

元帥が乗ってきた小型ジェット機に朱莉《あかり》さん、斗真《とうま》さん、おじさんも乗り込んで雨の空を飛び越えていった。

俺も『絶隠密《おんみつ》』を使い、また海の上を、神威《かむい》家に向かって全速力で走った。

◆

皇《すめらぎ》元帥が乗ってきた小型ジェット機の中。

ゆったりと作られている座席に、皇《すめらぎ》元帥、神威《かむい》大将、神楽《かぐら》大将、神威《かむい》財閥社長が座る。

「朱莉《あかり》～」

「何だ」

「腕は大丈夫か？」

「……大丈夫なわけがないだろう」

「だよな」

斗真《とうま》は左手をすっと持ち上げて眺める。そこには分厚い左腕が青く色を変えていた。

「斗真《とうま》よ。その腕は何だ？」

「何って、さっきのあいつと打ち合った時に付けられたものですよ」

「……油断したわけではないな」

「油断なんてしたら、俺が朱莉《あかり》に殺されてますからね……にしても、あいつ……強いな」

「ああ。まさか力を打ち消した上に肉体に直接ダメージも与えてくるとはな。そういや、斗真《とうま》はあいつを蹴り飛ばしてなかったか？」

「がーははは！　蹴り付けた足が少し折れてるぜ！」

「……よかったな？　そのまま戦ってたら私に殺されてたぞ」

「まあ、あいつが割り込んでなかったら、また違っていただろうがな。それに朱莉《あかり》だってその負傷で利《き》き手《て》が使えなくなったら俺に殺されていたぞ」

「お前ら！　戦うなってあれだけ言ったのに！　『魔石Δ《デルタ》』を海に沈めるって言っただろう！」

静かに聞いていた元帥がまた怒りを爆発させた。

「元帥。その話はもうやめましょう。朱莉《あかり》も斗真《とうま》くんも反省していますから。それよりもこれからどうするかです」

「うむ。朱莉《あかり》と斗真《とうま》の攻撃を同時に止めただけでなく、二人の骨を折るほどの力を持つ男。そんな男が世界にいるとはな。あの男の再来のようだな」

「懐《なつ》かしいですね……兄弟子は何をしているのか……」

「日本を捨てたとは思えないし、ダンジョンでくたばるとも思えん。あの男はまたいずれひょっこり顔を出すだろう。問題はこの段階で国内最高戦力が束になっても勝てない存在がまずい」

「幸いにも彼はこちらと敵対するつもりはないようですから、良好な関係を築きたいですね」

「そうだな。それにしても厄介なことに……『スキル』を知りたがるか」

「何らかの方法で彼自身が『スキル』に辿《たど》り着《つ》いた——超越者という可能性もあります」

「うむ。だとするなら尚更《なおさら》味方にしたいところだが……情報が海外に漏れないといいがな」

元帥は窓の外の晴れ始めた空を見つめる。だがそこに映っていた彼の顔は悲しみに染まっていた。

「昌《あきら》よ。国家プロジェクトとして正式に依頼する。謎の仮面の男——ヒュウガとの信頼関係を築け。軍部が最大の支援をしよう」

「承りました」

四人はそれぞれ日本の未来、家族の未来のために奮闘するのであった。その相手が——

まさか身近にいるとは露知らずに。

新規獲得スキル

フェイト

愚者の仮面(黒雷・迅雷)

Fate

アクティブスキル

周囲探索	手加減	
スキルリスト	念話	
魔物解体	ポーカーフェイス	
異空間収納	威嚇	
絶氷融解	フロア探索	
絶隠密	クリーン	
絶氷封印	体調分析	
魔物分析・弱		

Active skill

パッシブスキル

異物耐性	武王	睡眠効果増大
状態異常無効	緊急回避	視覚感知
ダンジョン情報	威圧耐性	注視
体力回復・特大	恐怖耐性	絶望耐性
空腹耐性	冷気耐性	体調分析
暗視	凍結耐性	炎耐性・超絶
速度上昇・超絶	隠密探知	暴風耐性
持久力上昇	読心術耐性	風耐性・超絶
トラップ発見	排泄物分解	裂傷耐性
トラップ無効	防御力上昇・大	

第11話　仲間

体が重い。

『愚者ノ仮面』と『武王』がなかったら、二人を止めることは絶対に不可能だった。

今まで、相手が強ければ強い程スキルを獲得していた。

俺が初めてダンジョンに入った時、ティラノサウルスからいくつものスキルを得たように、今回も二人のたった一撃でいくつものスキルを獲得できた。

それを以《もっ》てして何とか二人の攻撃にギリギリ耐えることができた。

イレギュラーがあってダンジョンには潜れない時期が続いた。でも……果たして俺がダンジョンに潜っていたとして、強くなれていたのだろうか？　少なくとも俺は『レベル0』。どれだけ魔物を倒してもレベルは上がらず強くなれない。

では朱莉《あかり》さんや斗真《とうま》さんはレベルが高いから強いというのか？　持って生まれた潜在能力が高いから強いというのか？　それも彼らが強い要因の一つだ。でも全てではない。彼らと拳を交えて感じたのは、果てしない時間を鍛え抜き、強敵と競い続けた経験だと思う。

お爺《じい》さんは神威《かむい》家の道場はいつでも使っていいと言ってくれた。魔物をひたすら倒すだけが強くなる方法じゃない。俺なんかでもあの凱《がい》くんに勝てた。それは……仮面の力ではなかったはずだ。

強くなりたい意志……ううん。大事な人達を守りたい意志。そのためにも……強くなりたい。今のままではただ闇雲に動くだけ。何となくスキルに頼って力を発揮しているだけで、自分であって自分ではない感覚が常にある。スキル『武王』にも常に振り回されている感覚だ。

朱莉《あかり》さんも斗真《とうま》さんも、後から来たおじさんも皇元帥《すめらぎ》も動き一つ一つに無駄も油断もなかった。彼らが今まで培《つちか》ってきた技術や経験があるからだ。

今俺に一番足りない部分。自分が持つ力を正しく使えないこと。これから『スキル』についても知ることができる。ならば……俺が今やるべきことは……ただ動き回るのではなく、自分の力であるスキルに向き合うべきだ。

ふとパーティーメンバーの顔が思い浮かぶ。

また……一人で悩んでしまったな……ひなと詩乃《しの》に言いたいことは言ってほしいと思ってるというのに、俺は自分の悩み一つ彼女達に相談できないのは……うん。違うな。

帰ったらすぐに三人にも相談しよう。それにお爺《じい》さんにもお願いしたら『武術』を教えてくれるかな……？

そんなことを悩みながら気が付くと、神威《かむい》家の屋敷《やしき》の前だった。

いつものインターホンを押すと「はい」と言う、ムスッとした声が聞こえた。

「す、鈴木《すずき》日向《ひなた》です」

「今行く」

あはは……普段のひなはどこか怖いイメージがあるよな。

扉が開くと、ムッとしたひなの表情が、すぐに笑顔に変わる。

「おかえりなさい！　日向《ひなた》くん！」

「やあ。あれ？　制服のまま？」

てっきり普段着に着替えたのかなと思ったけど、制服姿のままだった。

「うん。お母さんから詩乃《しの》ちゃんが病気してて寂しいだろうからって、夕飯は向こうで食べたらどうかって」

「なるほど。それはいい考えだが、ひなはいいのか？」

「私？」

「うん。家族と一緒に食べなくていいのか？」

「食べなくていいわけではないけど……やっぱり今はパーティーメンバーを優先したいかな！」

「詩乃《しの》もきっと喜ぶと思うよ。でも……神楽《かぐら》家にお邪魔して大丈夫なのか？」

「うん。お母さんから連絡を入れてくれたみたい。大丈夫だって！」

そうか……神威《かむい》家から神楽《かぐら》家に歩み寄ったんだな。

お爺《じい》さんと過去に何かあったようだけど、この一件で両家が仲良くなってくれたら嬉《うれ》しい。

それに斗真《とうま》さんとおじさんだって何だか仲良しだったみたいだし。

「わかった。じゃあ、行こうか」

「うん！」

いつもなら詩乃《しの》と一緒に歩く道をひなと歩く。

「実はね……ここ、歩いてみたかったんだ」

「ん？ 休日とか歩いてたような？」

「明るい時はね……」

この時間帯だとまだ少し明るさがあるはずなのに、雨もありいつもより少し暗い道。何だかいつも詩乃《しの》と一緒に歩いている時くらい暗い。

「詩乃《しの》ちゃんと日向《ひなた》くんが一緒に歩いてる景色はどういう感じかな〜って」

仲間外れにしたつもりはないけど、確かにいつもひなはいないもんな。

「そんな大したもんじゃないと思うけど、今日はまた帰りもあるし、それは詩乃《しの》もわからない景色だからね」

「⁉ そ、そ、そうだね！」

ん？　どうしたんだろうか？

神威《かむい》家から神楽《かぐら》家に続いている道を歩き、やがて神楽《かぐら》家の屋敷《やしき》に着いた。

少し緊張していると、迷い一つ見せずにひながインターホンを押した。

「はい。どちら様でしょうか」

「神威《かむい》ひなたといいます。詩乃《しの》ちゃんの——友達です」

「すぐに参ります。少々お待ちくださいませ」

「は〜い」

インターホンに少し顔を近付けていたひながこちらを向いてニコッと笑う。

すぐに正門からメイドさんが出てきてくれて歓迎してくれる。

ひなは、一度大きく息を吸って屋敷《やしき》に入った。

正門を一歩越えたひなは小さく呟《つぶや》いた。

「うん。なんてことないよ。ここを越えることって」

そうだな。越えてしまえば、大したものじゃない。こうして両家が少しずつ近付いていけたら嬉《うれ》しい。

案内を受けて詩乃《しの》の部屋の前に立つと、ひなは小さい声で「詩乃《しの》ちゃんもだね……」と少しだけ寂しそうな表情を浮かべた。

扉が開くとすぐにひなが走っていき、詩乃《しの》に抱きつく。

何だかいつものひなと違って――積極的な気がする。

もしかしたら彼女の中で、あの鉄箱というのは心を縛るものだったのかもしれない。いつか
二人が心も体も自由になれる日が来たらいいな。

美少女達が抱き合っている部屋に入ると、後ろの重苦しい扉が閉まり外部の音が遮断される。

「まさかひなちゃんが来てくれるなんてびっくり！」

「お母さんがいろいろ話してくれたみたい！　詩乃《しの》ちゃんの部屋に来られて嬉《うれ》しいな！」

「私もひなちゃんが来てくれて嬉《うれ》しいよ！」

二人はたった一日会ってないだけでいろんなことを話し始めた。

いつもの座卓で弁当を並べる。食べやすい料理が並んでいるのは詩乃《しの》が病で寝込んでいると
伝わっているからだな。

食事を終えた頃、詩乃《しの》のスマホがピカピカ光る。どうやらメールが来たようだ。

それを見た詩乃《しの》が目を大きく見開いて、少し涙を浮かべた。

「詩乃《しの》ちゃん？」

「バ――お兄ちゃんからさ。私のイヤホンの開発の目途がたったんだって。しかもね？

開発をお願いしたのが――神威《かむい》家だって」

「うちで!?」

「世界で最も機械製作が強いからね。お兄ちゃんから期待してていいって言われちゃった」

「そっか！　本当によかった！　これでまた詩乃《しの》ちゃんと一緒に外を歩けるんだね！」

「うん！」

詩乃《しの》も部屋の中から出られる未来が想像できないことが心配だっただろう。

自分では何もできず、ただただ待つだけの時間。彼女が異変を感じたのは三週間前だと言っていた。この三週間、ずっと怯《おび》えていたんだろうと思う。

「詩乃《しの》。ひな」

二人が俺を見つめる。

「……俺、少し怒ってる」

「日向《ひなた》くん……」

「ひなも詩乃《しの》もどうして……俺に相談してくれなかったのか。俺に何ができるかはわからないけど、一緒に悩みたい。一緒に考えたら何かいい考えが思い浮かぶかもしれない。それに、こうして一緒に時間を過ごすことだってできるかもしれない」

「日向《ひなた》くんは……それで大丈夫なの？　私達の事情で好きなことができなくて、ここに縛られてしまうんだよ？」

「構わない。だって、ひなも詩乃《しの》も藤井《ふじい》くんもパーティーメンバーじゃないか。ダンジョンに入るだけの関係じゃなくて、いつでも頼れる仲間でありたいんだ。だから二人とも悩みがあったらすぐに言ってほしい」

「うん……！　これからはちゃんと話します！」

「私もちゃんと言う！」

「ああ。俺もちゃんと悩みをみんなに相談したい」

何故《なぜ》か目を輝かせて食いつく二人。

「実は、俺……強くなりたいんだ」

「「………」」

「今のままでは、何かあった時に大切な人達を守れないかもしれない。少しでも自分でできる範囲で守りたいし、そのために強くなりたいんだ」

「「………」」

「以前詩乃《しの》にも言った『武術』というスキルをもっと自由自在に使えるようになったら、今より強くなれないかと思ってさ。お爺《じい》さんにお願いしてみようかなと思うんだけどどうかな？」

「「………」」

「あ、あれ……？　ひ、ひな？　詩乃《しの》？　ど、どうしたんだ？　やっぱり……俺なんか……」

どこか遠くを見ていた二人がお互いを見つめて大きな溜息《ためいき》を吐《つ》いた。

やっぱり俺なんかが強くなりたいっていうのは……難しいのかな……。

「あのね？　日向《ひなた》くん」

「う、うん」

「それ以上強くなりたいの？」

「え？　も、もちろんだよ！　このままだとみんなの足を引っ張ってしまうし……」

二人が信じられないものを見るかのような表情を浮かべる。姉妹のように動きから何もかもがシンクロしている。

「ごめん……」

「「………」」

「で、でもさ！　その……ちゃんとポーターも頑張るから！　俺、何があ――」

「クスッ」

「ぷふっ」

「え？」

「「あははは～」」

二人が大声で笑いこける。涙が出るほど笑い続けた二人が言った。

「日向《ひなた》くんって～ううん。そういう人だからパーティーを組みたかったんだ」

「うん。そんな日向《ひなた》くんだから私は救われたし……これからも一緒にいたいと思えるんだ」

「え、えっと……？」

「日向《ひなた》くん。おじいちゃんからいつでも道場を空けておくって言われたでしょう？」

「あ、ああ」

「あれって、いつでも道場に来たら、稽古を付けてくれるって意味なの」

「そうなのか⁉」

「ふふっ。だからね？　おじいちゃんはずっと待っているんだよ？」

知らなかった……そんな意味が含まれていたなんてな……。俺はてっきり、いつでも道場を使って何かするなり自由に使っていいよという意味かと思った。

「あと私は賛成だよ。日向《ひなた》くんが道場に行く日は私も道場で剣術の練習するかな～」

「私も武術習いたいんだよね～」

「詩乃《しの》も？」

「うん。私の力ね。武術に向いてるから」

確かに……聴力があれば相手の動きを目と耳で聞き分けることだってできるだろうしな。

「それと藤井《ふじい》くんもたぶん大丈夫だと思うよ？　弓道に心得があるみたいだから。ひなちゃんとこの道場って弓道場もあったよね？」

「うん。隣の道場だけど、すぐ隣だからね」

「そ、そっか。それだと凄《すご》く助かる！」

「いっそのこと、夕飯の時間に合わせて帰宅するんじゃなくて、それより二時間くらい前に帰って道場で稽古をしてから夕飯でもいいかも？」

「あ～！　それもいいかも！　ひなちゃんナイスアイデア！」

まさか……こんなにも簡単に決まるなんて驚きだ。

やはりこうしてみんなで相談することで答えが見つかることだってある。藤井《ふじい》くんにもちゃんと事情を説明しておかないとな。もちろん、許可も取らないと。

その時、再び詩乃《しの》のスマホが光り出した。

「ん……あ！　もう完成したって」

「よかった！」

「うん……おじさんが事前に作ってくれてたって……今度会ったらお礼を言わないと」

「ふふっ。お父さん、ずっと詩乃《しの》ちゃんのこと心配そうだったもん」

「そっか……私、いつか強くなってみんなにお礼をするっ！　日向《ひなた》くんに置いていかれないようにも頑張る！」

ええええ⁉　お、俺⁉

「私も……！　絶氷《ぜつひょう》の力。最近は日向《ひなた》くんに頼りっぱなしだけど、ちゃんと自分で制御できるようにもっと頑張る！」

そんな二人が俺を見つめる。

「ああ。俺もみんなを守れるようにもっと強くなる。他の誰のためでもなく――――自分のためにも」

詩乃《しの》が右拳を前に突き出すと、ひなもそれに合わせて右拳を突き出して重ねた。

俺も右拳を突き出して三人で拳を合わせる。

「頑張っていこう～！　お～！」

「「お～！」」

まだ俺達のパーティーは始まったばかりで足りないことはたくさんあるけど、一緒に一歩ずつ前に進んでいこう。そう決めた夜だった。


神楽《かぐら》家から神威《かむい》家への帰り道。

今日のひなはいつもと少し違って、何事も積極的で口数も増えた。

今まで感情を出すことを恐れて口数も減らし、感情を殺してきた彼女は、自由になってもそれに怯《おび》えて生きていた。

俺が近くにいなければ、またいつ冷気を出してしまうかわからなくて怯《おび》える毎日。

でも鉄箱を見られてからか、朱莉《あかり》さんが命を懸けて戦いに行ったからなのか、どこかいろんなものが吹っ切れたように本当の自分をさらけ出すようになったのかもしれない。

「私、詩乃《しの》ちゃんが羨ましかったんだ」

「詩乃《しの》が羨ましい？」

「こうして毎日二人っきりで夜の道を歩くのいいな～って。私はできなかったから」

「そ、そんなことで？」

「そんなことじゃないよ……？　大事なことだよ？」

「な、なるほど……」

「日向《ひなた》くんと二人っきりでダンジョンにも行ったことないからね～」

「それを言うなら藤井《ふじい》くんもだろう？」

「藤井《ふじい》くんとは二人でご飯とか食べるんでしょう？」

「いやいや、あれは寮だから」

足を止めて空を見上げるひな。

「私が知らない景色がまだまだいっぱいある。絶氷《ぜつひょう》の力が目覚めてから、私は歩くことをやめてしまった。だから見えなかったのが当たり前なんだね」

「俺も……似た感じだよ」

「これからはちゃんと前を向いて歩く！　何事も頑張る！」

「俺もだ。一緒に頑張ろう」

「うん！」

珍しくひなが俺の左腕に抱きついた。いつも詩乃《しの》と妹は積極的にこうするし、詩乃《しの》に釣られてなのか、ひなもする時はあるけど、二人っきりの時にこうするひなは初めてだ。

「帰ろっか～」

「ああ」

優しい香りに包まれながら神威家《かむい》に帰ってきた。

そのまま見送って寮に戻ろうかと思ったら、塀の上にお爺《じい》さんが立っていた。

「小僧」

「お爺《じい》さん？」

「少し中に入れ」

「わかりました」

どうしたんだろうと思い、珍しくお爺《じい》さんに先導されて向かった場所は――意外にもあの鉄箱の前だった。

ひなの部屋……今日初めて見たけど忘れることなんてできない程に俺には衝撃的な出来事だ。

「朱莉《あかり》が魔石を手に入れて問題なく使えるようになったんじゃ」

「お姉ちゃんが⁉」

「心配するな。無傷じゃ」

「あれ？　斗真《とうま》さんも目途がたったって……」

「そうじゃな。魔石がもう一つ見つかってな。朱莉《あかり》と斗真《とうま》は戦うことなく済んだのじゃ。この一件で神威家《かむい》と神楽家《かぐら》は協力関係となった。まあ、向こうの総帥と儂《わし》の間にはまだ大きな溝が残っているが……若い者には関係のない話じゃな。小僧も心配などせずに自分のやるべきこと成すべきことをな」

「だからお母さんから神楽家《かぐら》に行っていいって……」

「そうじゃな。若者同士は気楽に過ごすとよいのじゃよ」

「おじいちゃん……はい！」

嬉《うれ》しそうな孫娘を愛《いと》おしく見つめるお爺《じい》さんの顔は、とてもいいものだった。

俺もしっかり自分のことを伝えないと……！

「あ、あの！　明日から……武術を教えてください！」

「くっくっ。道場はいつでも空いておる」

「ありがとうございます！　夕飯の前に来られるようにします！」

お爺《じい》さんは右手を上げながらどこかに歩き去ってしまった。

ひなが鉄箱の入口前に立つ。

「私、この部屋が大嫌いだったんだ。でも今はそう思わない。ここも私の大事な居場所。だからね？　日向《ひなた》くん」

「うん？」

「悲しんでくれてありがとう。でも私はもう大丈夫だから」

「ひな……」

そう話したひなは笑顔のまま、鉄箱を開いて中に入った。――最後まで笑顔で手を振りながら。

ひなも覚悟の先に一歩進んだ。俺も……明日から強くなるために頑張ろう……！

おばさんに挨拶をして、明日から少し時間が変わる事情を伝えて神威《かむい》家を後にした。

すぐに寮に戻ると、藤井《ふじい》くんの部屋に明かりが点《つ》いていたので、部屋を訪れる。

相変わらず可愛《かわい》らしい部屋着で出迎えてくれた。

「神楽《かぐら》さんはどうだった？」

「うん。明日から登校できると思う。ちょっと相談したいことがあってさ」

「どうしたの？」

「実はひなのところのお爺《じい》さんに武術を習いたくてさ。明日からダンジョン攻略を少し早めに切り上げて神威《かむい》家に行ってもいいか？」

「いいと思う！　ダンジョンによっては走れば三層まで入れるし、時間的にも余裕があるんじゃないかな？」

「ありがとう。弓道場もあって使えるみたいだよ」

「ふふっ。じゃあ僕は、久しぶりに弓の練習をしようかな。それにしても……今日一日で何かあったみたいだね？」

「え？　ま、まぁ……」

「僕も負けないように弓道の練習しなくちゃ……！　そういえば、日向《ひなた》くんってそのまま武器なしで戦うの？」

「武術を使っているからな……」

「なるほどね～武術を使う人も武器を使ったりするよ？　棍棒《こんぼう》とか」

「棍棒《こんぼう》か……それも明日お爺《じい》さんに聞いてみるかな」

「それがいいかも。武器はうちの魔道具屋で作ってもらえるから！」

そういやパーティー資金も貯《た》まり続けるし、以前ひなもお金は一か所に集まっているだけじゃ経済が回らないと言っていたからな。

「わかった。支払える範囲でそれも視野に入れておくよ」

「支払い……？　いらないよ？」

「え……？」

「パーティーメンバーのためだし、僕の紹介があれば金額は大丈夫。それに誠心《せいしん》町にある店にいる店長は武器作りが趣味だから、きっと喜んでくれるよ」

「そ、そうか……」

このまま遠慮し続けると、藤井《ふじい》くんが俺達とパーティーを組むという覚悟を無下にするみたいになりそうだな。

「わかった。お言葉に甘えさせてもらうよ。また明日からもよろしくな」

「うん！」

今日どこかに行っていた藤井《ふじい》くんは少し悲しそうな表情をしていたから心配だったが、何もないようでよかった。

部屋に戻りスマホを開いて電話を掛ける。

『お兄ちゃん〜！』

電話越しでもわかる妹の声に思わず笑みがこぼれる。

朱莉《あかり》さんや斗真《とうま》さんと会うと、無性に妹に連絡がしたくなる。

「凛《りん》。学校や家は変わりないか？」

『うん〜！　いつもと変わらないよ〜ひぃ姉としぃ姉からも連絡来たよ〜』

「ひなと詩乃《しの》から？」

『うん！　お兄ちゃんがますますかっこよくなってるってさ！』

「えええぇ!?　そ、そんなことはないと思うんだけど……」

『ねえ、お兄ちゃん〜』

「うん？」

『来年、私も絶対にそっちに行くからね？』

「ああ。待っているよ。となると凛《りん》も寮暮らしか〜」

『それなんだけど、お兄ちゃんってお金持ちだよね』

「お金持ちではないと思うけど……」

『それなら、来年からは寮じゃなくて私と二人暮らししようよ～』

「二人暮らし⁉」

　確かに妹と暮らせるなら楽しいだろうけど……いや、それまでに俺も強くなってダンジョンで収入を得られるようになれば、家賃や生活も何とかなるかもしれない。

　それに今でもひなや詩乃《しの》のおかげでだいぶお金は貯《た》まっているからな。

「それはいい考えかもしれないな」

『ほんと⁉　やった～！』

「二人暮らしも視野に入れつつ、計画を練ってみるか」

『うん！　ママには私から言っておく～』

「ああ。任せた」

『お兄ちゃんとまた一緒に暮らすの楽しみだな～』

　もしこのまま高校を卒業して大学に入って……凛《りん》とそれぞれ違う大学に入ったらまた一緒に暮らす日は訪れないかもしれないからな。

　そう思うと少し寂しく思うが、凛《りん》はいつまでも妹であることに変わりはない。

「凛《りん》。離れていても凛《りん》は俺の妹だからな」

『うん？　当然でしょう～お兄ちゃんは凛《りん》ちゃんのお兄ちゃんなんだから～』

　妹と同時にクスッと笑い、一緒に笑い声を上げた。

第12話　ルシファノ堕天

朱莉《あかり》さんと斗真《とうま》さんが戦ったあの日から一週間が経過した。

詩乃《しの》のイヤホン型耳栓は、神威《かむい》財閥の力でより強力なモノになり、今までと変わらない生活を送れるようになった。

ひなの鉄箱も魔石Δ《デルタ》のおかげで安定するようになり、快適ではないが詩乃《しの》同様に今まで通りの生活ができるようになった。

ひなに関して一つだけ変わった点があるとするなら、毎日鉄箱の中に残っている絶氷《ぜつひょう》をスキルで融解させて消している。こうすることでより鉄箱から冷気が外に出にくくなり、魔石Δ《デルタ》の力もあって、鉄箱がより安定した。

俺はというと、毎日午前中は学業、午後からはダンジョンに向かい、ひな達と一緒に狩りを繰り返す。まだC3には行かず、DランクダンジョンとEランクダンジョンを中心に回っている。

夕方前に神威《かむい》家に向かい、夕飯までの二時間ほど道場でお爺《じい》さんに稽古を付けてもらっているけど、まだ本格的な稽古は受けられず、ほとんどが瞑想《めいそう》になっている。

これはどんな時でも冷静に対応できるように心を落ち着かせる訓練のようだ。

そのおかげもあって、メンバーとの掛け合いや柔軟な対応もできるようになった。

他の探索者パーティーの戦い方に多いのは、広範囲魔法や攻撃を持つ者のために魔物を集めて狩る方法だ。

効率が良い《い》分、事故も多くて、ここ一週間で二回も事故に遭っているパーティーを見かけたので、助けたりしている。その時も冷静に判断ができたのは、瞑想《めいそう》訓練のおかげだ。


金曜日の夜。

神威《かむい》家での夕飯を終えて寮に戻ってすぐに『愚者ノ仮面』と『絶隠密《おんみつ》』を使い、窓の隙間から外に出ることができる『迅雷《じんらい》』で部屋を出る。最近夜に一人で『ポーション』を集めるためにE90に向かう時は、いつもこのやり方を取っている。

でも今日やってきた場所はE90ではなく――――とある公園だ。

誠心《せいしん》町からだいぶ離れた場所にある公園の中心部に降り立って、絶隠密《おんみつ》を解く。

五分ほど待っていると、後ろから人の気配がして見つめると、上空から一人の男が降りてきた。

「よお！　待たせたな」

「いや、俺もちょうど来たところだ」

降り立った男はすぐに右手を差し出して握手を求める。

がっしりとした手を握り握手を交わした。

「また会えて嬉《うれ》しいぜ。ヒュウガ」

「俺もだ――神楽《かぐら》大将」

「がははっ！」

誰もいない公園に斗真《とうま》さんの笑い声が響き渡る。

「さっそくだが、ブツを持ってきたぜ」

そう話しながら、手に持っていたハードケースを渡してくれる。

よく見かけるハードケースとは違い、縦横全て四十センチくらいの立方体のケース。

「本当によかったのか？」

「構わん。俺の権限で悪用しない約束だからな。それに他国では出回ってたりもするからな。魔石Δ《デルタ》だけでなく、この間の素材も大きな助けになった。また欲しいものがあればいつでも連絡をくれ」

「感謝する。以前渡した素材は何に使ったか聞いても？」

「ああ。俺の妹は特殊な環境にいてな。超強力な魔道具の耳栓を付けないと生活ができないんだ。その素材として使わせてもらった。本当にありがとう」

神威《かむい》家で事前に作っていた詩乃《しの》のイヤホンだけど、以前渡した素材でよりいい物ができたみたいでよかった。

「ではもう必要――――」

「まだあるのか!?」

「あ、ああ」

「無理のない範囲で構わない。譲ってくれ！」

「わかった」

『異空間収納』から兎《うさぎ》魔物と子豚魔物の素材を渡した。皮や骨など、使い道もなければ買取センターで売却もできない。誰かのためになるなら、使ってくれた方が素材としても意義があると思う。

それに――――これにはもう一つの理由がある。

「こんなに！　ありがとうよ、ヒュウガ！」

「ああ。いいことに使ってくれるなら、また獲《と》ったら渡す」

「ありがてぇ！　この丈夫さなら災害対策用品にもできるし、使い道はいくらでもある。使ったか所を全て正確に記入したものを渡そう。また手に入ったら連絡くれ。それと、すまないがスキルの件をまとめた書類はもう少しだけ待っていてくれ。国で管理はしているが、こういう情報を扱う家がうるさくてな。でも、約束は絶対に守るからよ」

「わかった」

再度斗真《とうま》さんと握手を交わして公園を離れた。

寮の部屋に戻ってすぐにハードケースを開く。

中にあったのは――潜在能力のランクを調べる水晶が入っている。

魔石Δ《デルタ》や兎《うさぎ》魔物、子豚魔物の素材を斗真《とうま》さん達に渡してからいろいろ考えた。

あの日、素材を渡しながらいつでも獲《と》りに行けるとは思ったものの、あれから最初に入った『ルシファノ堕天』というダンジョンに入れたことはない。

かのダンジョンに入った時、俺はライセンスをもらうために受付で水晶に触れていた。

ダンジョンから出た時だって受付だったから、間違いなく水晶が入口になっている。だからいつでも獲《と》りに行けると思った。

なのに、肝心な水晶は非売品であり、手に入れる方法もなかった。

どうしようかなと思った時に思いついたのが、斗真《とうま》さんから素材の支払いは後からするというところで、お金はいらないので代わりとして水晶をもらえないかと相談した結果、快諾してくれた。

余談だが、世界には水晶を使い幼い子どもの潜在能力を調べて拉致をする悪者もいるそうで、それをしないと約束して、貰《もら》えることに成功した。

さっそく、手で水晶に触れる。

今までと変わらず水晶が黒い色に染まっていく。

灯《あか》りの消えた俺の部屋に黒い靄《もや》が広がり、俺の体ごと飲み込んだ。

体が落下する感覚。深い闇の手に引っ張られる感覚に陥る。

懐《なつ》かしい……。

どこかに着いた足の感覚から目を覚ますと、あの日に見た景色が広がっていた。

暗い世界。空には星が輝いているが、周りには全体的に霧がかかっていてよく見えない。そんな中でも遠くにあるお城のようなものだけは把握できる不思議な世界。

ここに初めて来た日からE117、D90など、いろんなダンジョンに通ったけど、ここが一番不気味なダンジョンだ。

俺が立っている場所はまだ安全地帯なので魔物の姿は見えない。

懐《なつ》かしむように歩いていくと、ティラノサウルスを倒した場所に辿《たど》り着《つ》いた。

脇に見える猛毒の泉。

おそるおそる手を入れてみるが、普通の水と変わらない感覚で、でも地面に落とすと、ジュワ～ッと音を立てて地面から湯気が立ち上る。

最初見た時は喉が渇いて飲んでしまったっけ……あはは……。

一本道を進んでいくと、開けた場所に着いた。

霧の中から赤い光が見える。

近づくと赤い光達が俺に向かって、一気に近付いてきた。

白い毛の兎《うさぎ》魔物達が一斉に俺に向かって飛びついてくる。

わかりやすい殺気の跳び蹴りを軽々と避《よ》けながら、あの日のように打撃を打ち込む。

スキルが進化してからか、全ての兎《うさぎ》魔物が一撃で倒れた。

十匹くらいの兎《うさぎ》魔物の素材を回収してまた先を進みながらどんどん倒していく。

進んだ先で子豚魔物も現れて両方の素材がどんどん貯《た》まっていく。魔石Δ《デルタ》も同じように貯《た》まっていく。

そういや、E117のコルのように魔物の情報を知らせるアナウンスは流れないんだな。

魔石Δ《デルタ》は全ての個体から得られるので、すでに五十個は獲得できている。

ふと、遠くに見えるお城が気になった。分かれ道で出口側と反対側の道はお城の方に繋《つな》がっている。

入るかどうかはその時に考えることにして、お城に着くのかどうか向かってみる。

まだここに来てそう時間は経《た》っていないし、魔石Δ《デルタ》を集めるという意味でもいいと思う。

向かっている間も兎《うさぎ》魔物と子豚魔物がいて、全て倒しながら進んだ。

道は途中で分かれることなく、一本道になっており、やがて辿《たど》り着《つ》いた場所は――

「城だ……」

思わず、口に出してしまう。

俺の目の前にあるのは、西洋風の城。

巨大な門と壁。奥に見える尖《とが》った屋根。ここまで聞こえる水が流れる音。

その時、閉まっていた門から、カラカラと音を鳴らしながら、城門が降りてきた。

分厚い木材が鈍い音を響かせながら目の前に降りて道となる。

これは……このまま入ってくれということか。

中から殺気などは感じないし、もし城門がまた閉まるようなら走って飛び越えればいいか。

もしもの時は迅雷《じんらい》で城壁を飛び越えることもそう難しくなさそう。

歩いて中に入っていく。

視界に映るのは、綺麗《きれい》に作られた庭、その中心を彩《いろど》るのは大きな噴水で、聞こえていた水の音の正体はこれだった。

人の気配一つしないのに、手入れされた庭に違和感を覚えつつも、中に進んでみる。

城の中にも誰一人の気配もない。でも埃《ほこり》一つ落ちておらず、綺麗《きれい》に保たれている。

真っすぐ敷かれた絨毯《じゆうたん》の上を歩く。

ランタンのような明かりが所々に設置されているが、それがなくても全体的に明るくて見通せる。

横には部屋がいくつかあって、扉はないので外からでも中が見えるけど、中は家具一つ置かれていない空き部屋になっていた。

絨毯《じゅうたん》に沿って歩き続けると、謁見の間のような場所に着き、少し高台となった奥に玉座が設置されていた。

座るつもりはないけど、何となく惹《ひ》かれて近くまで歩いた。

その時――俺の足元に魔法陣が現れる。

避《よ》けようと思い、飛び越えようとしたが、いつの間にか魔法陣から出てきた、無数の影の手で全身が掴《つか》まれていた。

急いで『愚者ノ仮面』を発動させると同時に、魔法陣も発光して俺は光に包まれた。

視界が城の中から一変し、晴天の空が広がっており、周りには視界を防ぐようなものは何一つない。

地面はというと、自然なものではなく機械的な作りになっている。

『愚者ノ仮面』のおかげで周囲を全て見渡せるので、敵の急襲にはすぐに対応できる。冷静に現状を分析しながら、何が起きても対応できるように心掛ける。

三十メートル先に俺を飲み込んだ魔法陣と同じものが現れ、そこから一体の――黒い熊が現れた。

体の大きさは魔物にしてはそれほど大きくない。以前E198で倒したムロは狸《たぬき》魔物だったが、外の世界の狸《たぬき》の二倍の大きさだった。

それに比べて現れた熊は、俺が知っている外の世界の熊と同じサイズだ。口には上下に大きな牙が伸びており、両手の爪もまた鋭い。

ただ違う点は、このダンジョンで倒した兎《うさぎ》魔物のように赤い目を持ち、胸には赤い宝石のようなものがあり、そこから赤い線が八方向に伸びている。

「グルゥウゥ……」

小さく唸《うな》り声を上げた熊魔物は、じっと俺を睨《にら》みつけた。

少なくとも、今まで戦った魔物のような知性を感じない魔物ではない。じっと俺を観察する姿は、まるで獲物を狙うハンターのようだ。

次の瞬間、熊魔物が飛び込んでくる。今まで戦ったどんな魔物よりも速く、一瞬で距離が詰められ、鋭い爪の攻撃が叩《たた》き込まれる。

もしお爺《じい》さんに稽古をつけてもらえてなかったら焦《あせ》ってしまうところだったが、おかげで冷静に対応する。

熊魔物の腕や爪のリーチを測りつつ、爪が伸びることも予測しながら攻撃を一つずつ丁寧に避《よ》けていく。

驚くことに熊魔物は無理に攻撃を続けるわけではなく、俺の出方を見ているようだ。

やはり……この魔物には知性があると見ていいかも。

しかも、お爺《じい》さんにも似た百戦錬磨の気配を感じる。体の強さだけじゃない。長い年月を戦いに費やして積み上げがった経験と精神。

それを示すかのように、熊魔物は攻撃をしながら、わざと隙を作って俺の攻撃を誘う。

避《よ》けるだけで戦いに勝てるわけではない。その誘いに一度乗ってみることにする。

熊魔物の大振りのパンチで生まれた隙を突いて、空いた脇腹に蹴りを入れた。

強烈な打撃音が周りに響く。だがしかし、熊魔物はびくりともしない。それどころか当然のように足を伸ばして、俺の足を引っかけ転ばせようとしてくる。

仮面状態のおかげで視界が全方向に見えるのですぐに避《よ》けることができた。

「グルル……」

狙いが外れたことに苛立《いらだ》ったのか、低い鳴き声を漏らす。

今度はこちらから仕掛ける。

熊魔物の様子を見ながら、『武王』による連撃を叩《たた》き込む。

防ぐ素振りは一切見せずに、反撃し続けるが、近距離でも全て避《よ》け切れるスピードなので、一撃一撃注意しながら攻撃を続ける。

全身のあらゆる場所を叩《たた》いたが、どの場所も攻撃が効いている感じがしない。

俺の攻撃を避《よ》けようともせずに反撃を続けたり、殴った時の感触が通常の魔物とは違うところを鑑《かんが》みると、考えられる原因は相手の防御力が高すぎる……？　それともまた何か別な原因があるのか？

それにしてもびくりともしないことに違和感を覚える。これはまるで……俺の攻撃を全て無効化しているかのようだ。

俺のパンチが熊魔物の腹部に直撃する。

次の瞬間、熊魔物の体から禍々《まがまが》しいオーラが立ち上り、今までよりも速い攻撃が飛んでくる。

余裕を持って対応していたつもりだったが、避《よ》け切れずに熊魔物の強烈な一撃を受けてしまい、後方に大きく吹き飛ばされた。

「グルアアアアアア！」

どうやら本気を出したようだな。

さっきの攻撃で咄嗟《とっさ》にかばった腕は痺《しび》れている。

この隙を逃さんと、熊魔物の攻撃のラッシュが始まった。

さっきまではこちらの様子を窺《うかが》いながら慎重に攻撃していた熊魔物だが、攻撃が大振りになりつつもこちらの隙をどんどん突いてくる。

黒いオーラを出すようになってからかなり速くなっている。避《よ》け切ることができるのにまた一撃を受けてしまった。

強力な攻撃ではあるんだけど、スキルと仮面状態というのもあって、何とかギリギリ耐えられる。何度か俺も反撃を試みるが、攻撃が当たっても効く感じはなく、熊魔物も止まらない。

このままではやられるだけ。俺にできる反撃を試してみる。

全身に意識を集中させて『黒雷《こくらい》』を発動させる。

当たった魔物は灰となって消えるため、普段使うことはなく、第二の力『迅雷《じんらい》』も連発はできないので部屋に出入りする時しか使わない。

全身から十本の黒雷《こくらい》が一斉に放たれ、熊魔物を襲う。

意外なことに今まで構わず攻撃していた熊魔物が、俺の体から黒雷《こくらい》の気配を感じた瞬間から距離を取り、黒雷《こくらい》を避《よ》け始めた。

十本の黒雷《こくらい》を避ける中、一本が熊魔物に直撃する。

「キシャアアアアアア！」

熊魔物が咆哮《ほうこう》を上げると全身を覆っていた黒いオーラが鎧《よろい》のように体を覆う。

間髪入れずに次々に黒雷《こくらい》が落ちていく。

その時だった。

『憎い……』

普通の人の声とは違う、不思議な声が聞こえる。

「グルゥウゥ……」

黒いオーラが立ち上る熊魔物が俺を睨《にら》みつける。

どうやら効き目は抜群だったようだ。

黒雷《こくらい》が効くならこちらにも勝ち目がある。距離を縮めながら黒雷《こくらい》を放ち、熊魔物に仕掛ける。

形勢が逆転して今度は俺から攻めていく。

体に当たっても俺の物理攻撃は変わらずいっさい効かない。それに変わりはないが、黒雷《こくらい》に当たると痛みを感じるのか熊魔物の表情が変化する。

『憎い……喰《く》らう……我は、全てを……喰《く》らう……』

次の瞬間、熊魔物の背中から黒い悪魔の羽が二対、頭部の上に黒い輪が現れる。

それだけで圧倒的な力が伝わってくる。そして、周りに広がる黒い波動からは激しい怒りや悲しみが伝わってきた。

そして、熊魔物から周囲に暗い闇が広がり、俺をも飲み込んだ。


この世に生まれ、信頼できる存在などなく、生きるために捕食を続け、時には命を懸けた戦いを繰り広げ、辛《から》くも勝利するも死にかける。それでも生きるために必死に戦い続け、気が付けば足元に無数の屍《しかばね》の山を築いている。

たった一人で頂点に立ったが、その隣に立つ者など一人もいやしない。

感じるのは孤独と絶望。

見上げた空はただ暗く、何もかもを飲み込むような暗黒そのものだ。

希望を与える月や星の輝きなどなく、世界は燃え続け、やがて炎に自分も飲み込まれる。

願う。生きたい。死という絶望から生き続けるために戦うことを願う。

やがていくつもの存在と戦いを繰り返し、また足元には屍《しかばね》の山を築き、また生きるために戦い続けた。

『憎い……』

また頭に直接声が響いてくる。

「一人で生きる孤独。お前が本当に心から欲しかったのは、一緒に野を駆け回る仲間。生まれながら見た者を全て恐怖に陥《おとしい》れてしまう自分。それに対する葛藤……長い間、それと戦ってきたんだな」

『世界を……喰《く》らう……』

「ああ……お前が一番求めていたのは――自分を止めてくれる存在だったんだな」

『我は……』

いくつもの強大な存在を喰《く》らい、生き抜いてきた熊魔物は生き続けることで死に場所を探していたんだ。

世界を終わらせれば、自分も死ぬことができる。死ぬことが許されなかった臆病者だからこそ、最後まで足掻《あが》き続けた彼の思いは、俺には計り知れない。

それでも、俺には――――帰りたい場所がある。

ダンジョンに初めて落ちたあの日のように、俺は家族の――――妹の元に帰らなければならない。それだけじゃない。俺を信じてくれる仲間が、ひなが、詩乃《しの》が、藤井《ふじい》くんがいる。

「お前が生き続けて感じたこと。生き続けて目指したもの。生き続けるしかできなかった悲しみ、全て俺にも伝わった。お前の業《ごう》を全て背負うことはできない。でも――――お前を救い出すことはできるかもしれない。だから俺も戦う。ここでお前を解き放つために！」

《運命『愚者』の力『黒雷《こくらい》』の第三の力『黒衣《こくい》』を獲得しました。》

俺に纏《まと》わりつく黒い影のマントが現れる。

全身から溢《あふ》れんばかりの力が視認できるほどのオーラとなって立ち上る。

目の前には禍々《まがまが》しい姿に変貌した熊魔物が、今にも俺に喰《く》らいつこうとしている。

まるでスローモーションのように世界がゆっくり動く中、俺は両手を合わせた。

「――――『黒衣天翔《こくいてんしょう》』」

世界に闇が広がる。

熊魔物も立っていた地面も風景も空も、何もかもが闇に飲まれていく。

瞬《まばた》きすらできない刹那。

暗闇はまた俺の手の中に戻ってくる。
そして、スローモーションが解け、止まっていた風景が動き始める。
もう動くことのない熊魔物から、微《かす》かに声が伝わってくる。
『ああ……我は……死ぬ……のか……』
「安らかに眠れ――皇帝よ」
『――う』
そして、熊魔物の体は灰となり消えていった。
カラーン。
甲高い音で地面を見つめると、ピンボールサイズの青い水晶が落ちていた。
大事に手に取る。
足元に、ここに来た時のような魔法陣が現れて、俺はまたどこかに飛ばされた。

鈴木《すずき》日向《ひなた》が消えた後。
誰もいない世界。何もいないはずの場所に不思議な影ができている。
それは水面に広がる波紋のように揺れた。

「…………」

◆

見えていた景色がまた城の中に変わった。

すぐに仮面状態を解除する。

ダンジョンに初めて入った時のように、体が鉛のように重い。

何か不思議な夢を見た感じだが、俺の手の中にはしっかり小さな青い水晶が握られている。

あれは紛れもない現実で、もしかしたらフロアボスだったのかもしれないな。

今まで戦ったフロアボスと比べ物にならないくらい強かった。

やはり……ダンジョンって凄《すご》い場所なんだな。

改めてダンジョンに入る危険性を知った。

それともう一つ気付いたことがある。仮面状態のことだ。

もちろん俺の意思ではあったんだけど、なんだか自分が自分じゃなくなったみたいな感覚。

とくに最後の第三の力『黒衣《こくい》』を使った時は、よりそれを感じた。

初めて使う力だったはずなのに、まるで使い慣れているかのような……。

いや、考えすぎかもしれない。ただ疲れているだけかも。

どれくらい時間が経《た》ったかはわからないけど、今日はもう帰って休もう。

帰り道は、『絶隠密《おんみつ》』を使い進んだ。

ここに来るまでに倒した兎《うさぎ》魔物や子豚魔物は復活していたが、『絶隠密《おんみつ》』で気付かれることはなかった。

以前と同じく出口から外に出る。

肌に纏《まと》わりつくようなぬるっとした感覚が消え、澄んだ空気に包まれる。

周りを見ると明かりが消えた俺の寮の部屋で間違いない。

すぐに『クリーン』で体を清潔にして、ベッドに横たわる。

『魔石Δ《デルタ》』を採りに行っただけなのに、まさかの出来事が待ち受けていたとは……。いや、どちらかというと、自分で飛びついたのか？

今日のことは仲間や妹には話さないことにしよう。変に心配かけたくない。

俺はゆっくりと消えていく意識の中、ある夢を見た。

草原を楽しそうに走る二頭の熊。お互いを支える姿に、笑みが零《こぼ》れた。


翌日。

本日は快晴で、いつもと変わらない朝を迎える。

朝は藤井《ふじい》くんと一緒に寮の食堂で朝食を食べて校舎に向かう。

何だかいつもより賑《にぎ》わっている玄関を見ると、二人の美少女が手を繋《つな》いで立っていた。

二人は俺を見るとすぐにムッとした表情を解いて名前を呼ぶ。

「「日向《ひなた》くん〜！」」

満面の笑みを浮かべて手を振る二人。

「おはよう」

挨拶をすると、二人とも笑顔で「「おはよう〜！」」と返してくれる。

クラスは違うけど、四人揃《そろ》って校舎に入っていく。

今日も幸せな一日が始まる——そんな予感がした。


いつもの飛行船からアナウンスが流れる。

——「本日の探索ランキングは、『？・？・？《アンノウン》』のポイントが劇的に増えております〜！

一体、『？・？・？《アンノウン》』の正体は誰なのでしょうか⁉ 各国のランカー達が探しておりますが、未《いま》だ正体不明！ 圧倒的なポイント！ これからも『？・？・？《アンノウン》』の進捗から目が離せません〜！」

新規獲得スキル

フェイト		
愚者の仮面(黒雷・迅雷・黒衣)		

Fate

アクティブスキル		
周囲探索	手加減	
スキルリスト	念話	
魔物解体	ポーカーフェイス	
異空間収納	威嚇	
絶氷融解	フロア探索	
絶隠密	クリーン	
絶氷封印	体調分析	
魔物分析・弱		

Active skill

パッシブスキル		
異物耐性	武王	睡眠効果増大
状態異常無効	緊急回避	視覚感知
ダンジョン情報	威圧耐性	注視
体力回復・特大	恐怖耐性	絶望耐性
空腹耐性	冷気耐性	体調分析
暗視	凍結耐性	炎耐性・超絶
速度上昇・超絶	隠密探知	暴風耐性
持久力上昇	読心術耐性	風耐性・超絶
トラップ発見	排泄物分解	裂傷耐性
トラップ無効	防御力上昇・大	

Passive skill

特別SS　鈴木凛の一日

洗面台の前に立つ鈴木《すずき》凛《りん》は、慣れた手運びで小さな白い櫛《くし》で髪をとかす。

「できた！　今日もありがとうね」

凛《りん》は何故《なぜ》か白い櫛《くし》に感謝を伝え、洗面台の鏡を開き裏にある収納部に大事そうに置いた。

彼女が白い櫛《くし》を大切にしているのは、他でもなく大好きな兄から贈られた誕生日プレゼントだからである。

もう何年も前にお小遣いを貯《た》めた兄が買ってくれた白い櫛《くし》。

兄が周りから理不尽に嫌われており、そんな中で買ってくれたことが嬉《うれ》しかった。だからこそ、壊れないように持ち歩くことなく毎朝だけ使うようにしている。

身支度を整え、母と一緒に朝食を準備してテーブルに並べる。

凛《りん》は完成した朝食に向かっておもむろにスマートフォンを取り出して、カシャッと音を鳴らして写真を撮る。

朝食には目もくれず、小さな画面を見ながら素早く指を動かして、撮りたてほやほやの写真を大好きな兄に送信する。

数秒もしないうちに『美味《おい》しそうだね～俺もちょうど食堂に座ったところだよ』と返信が返ってくる。

凛《りん》は返信に自然と頬が緩んだ。

『宏人《ひろと》お兄ちゃんも一緒なの？』

『ああ。隣でいつもの量を食べているぞ』

容易に想像できた凛《りん》は満足げに笑い、『私も朝食いただきます～』と返事をしてスマートフォンをテーブルに置いた。

「いただきます！」

そんな凛《りん》の一連の動きを見ていた母の翠《みどり》も笑顔を浮かべた。

言葉にしなくとも息子と娘のやり取りが容易に想像できたからだ。

恵蘭《えらん》中学校、三年三組。

「おはよう～！」

教室に入ってすぐに挨拶をする凛《りん》に、クラスメイト達も「おはよう～」って返す。

文武両道で誰に対しても分け隔てなく接しており、学校を越えて町中で噂《うわさ》になる程の美貌の持ち主。そんな彼女を誰一人嫌う者はいない。

「鈴木《すずき》さん。今日当番だから」

男子生徒が日直のバインダーを手渡す。

「わざわざありがとう！」

凛《りん》の笑顔に男子生徒は顔を赤らめて、バインダーを渡してすぐに離れていく。

授業が始まるまでほんの少しの時間。

凛《りん》はすぐにスマートフォンを取り出して、バインダーの写真を撮る。

そして、朝食のときと同様に兄へメッセージアプリ『コネクト』を使い送った。

すぐに『日直頑張ってね！』と返信が届いて、凛《りん》はまたもや頬を緩める。

前の席に一人の女子生徒が後ろ向きに座り、凛《りん》を見つめる。

「凛《りん》ちゃん～顔が緩んでるよ～？」

「えへへ～わかる？」

「もしかして、彼氏？」

「彼氏なんていないよ？」

「凛《りん》ちゃんって……可愛《かわい》いのにもったいないよね？」

「そうかな？　でも、本当に彼氏なんていないし……というか、いらない？」

凛《りん》の性格を知っている友人の女子生徒は溜息《ためいき》を吐いた。

彼女を慕う男子生徒なんてどこにでもいて、後輩達からも慕われており、中には卒業した先輩が彼女を目当てにやってくるつもしばしば。

その全てを一蹴する凛《りん》には呆《あき》れていた。

「じゃあ、誰とコネクトしてたの？」

「え～秘密～！」

「ズルい～！　でも今の笑顔は……きっと彼氏ね」

「う～ん。彼氏よりも大事な人……かな？」

「彼氏より……怪しい……」

「えへへ～」

凛《りん》の返事に自分の想像が外れたと感づいた女子生徒は、またもや溜息《ためいき》をついて、たわいない話をした。


一限が終わり、休憩時間。

凛《りん》がすかさずスマートフォンを取り出すと、一通のメッセージが届いた。

『凛《りん》ちゃん～やっほ～』

『しぃ姉～！　やっほ～』

画面越しでも神楽詩乃《かぐらしの》の元気そうな挨拶が目に浮かぶ。

『昨日さ、日向《ひなた》くんが初めておじいちゃんに稽古つけてもらってたよ～』

『お兄ちゃん、ケガとかしてない？　大丈夫だった？』

『最初だから座禅とかそういうのやってた』

『座禅！　しぃ姉……！　お願いっ！』

『えっへん！　じゃあ、今度会ったとき、凛《りん》ちゃんを十秒間ぎゅ～出来る権利で売ってあげましょう！』

『え～！　十秒でも十分でもいくらでもいいよ！』

『やった～！　じゃあ、今から送るね』

詩乃《しの》の返事にワクワクしながらスマートフォンを見つめる凛《りん》。

そんな彼女を遠くから友人の女子生徒が見つめながら「やっぱり怪しい……」と呟《つぶや》いているのは、今の凛《りん》に聞こえるはずもなく。

メッセージアプリ『コネクト』を通じて、詩乃《しの》から一枚の写真が送られてくる。

(はわわ～！　お兄ちゃんだ！　やっぱ、お兄ちゃんが一番カッコいいなぁ……座禅組んでるお兄ちゃんなんて初めてみたけど……大人っぽくてカッコいい……)

『どう？　ベストショットだよ～』

『すごくいい！　すぐに待ち受け画面にしたよ～ありがとう、しぃ姉』

『えっへん！　任せなさい～！　今度は手合わせしてるとこ撮ったら報告するね～』

『うん！　ありがとう！』

丁度終わりにチャイムが鳴り、次の授業が始まる。

授業中も終始にやけており、先生に注意をされる程であった。


昼休み。

凛《りん》は小学生の頃から仲がいい友人三人と、机をくっつけて弁当を並べる。

凛《りん》の向かいに座る女子生徒が目を細めて見つめる。

「凛《りん》ちゃん。私達って小学校からの付き合いよね？」

「うん？　そうだね～」

「私達、友達だよね？」

「もちろんだよ～」

「最近の凛《りん》ちゃんって、何もしてないのににへ～って笑うし、一人で悶《もだ》えてるし、すごく怪しいのよね。今日も先生に怒られていたし」

「あう……それは……」

「やっぱり彼氏できた？」

「ううん」

きっぱりと首を横に振る凛《りん》に三人の頭には、はてなマークが飛び交う。

「そういうのじゃないんだよ、本当に。ただ最近いいことがたくさんあっただけ」

「むう～凛《りん》ちゃんが教えてくれない～」

「えへへ……」

凛《りん》と女子生徒は弁当を広げて食べ始めた。

「凛《りん》ちゃんって弁当は自分で作ってるんだよね？　いつも美味《おい》しそう～」

「そうでもないよ？　ママと一緒に作ったりしてるかな？」

母が料理上手なのもあるが、凛《りん》は兄のためにも料理の練習をしていて、幼い頃から母をよく手伝っている。今では料理人顔負けの実力を持っているが、どうして料理を練習しているのかは、誰にも話したことはない。

弁当を食べ終えて、友人達との時間を過ごしながらも、凛《りん》は少しソワソワしていた。

友人達が席を外した瞬間にスマートフォンを取り出す。

『お兄ちゃん～今日もみんなと弁当？』

しかし、兄からの返信はすぐには返って来ず、内心溜息《ためいき》を吐く。

返信が届く前に友人達が帰ってきたので、急いでスマートフォンをしまいこんだ。

それからは確認する暇もなく、授業が始まってしまった。


休憩時間。

スマートフォンを取り出して覗《のぞ》き込むと、兄からの返信があった。

『今日もみんなで弁当だったよ。あいにく雨が降ったんだけど、屋上でテントを張ったんだ』

それと一緒に一枚の写真には兄以外の仲間達三人がピースサインをしている姿が写っていた。

（お兄ちゃんは写ってないんだ……）

『みんな楽しそう！　来年は私も入るからねっ！』

『凛《りん》の椅子も買っておかなくちゃな（笑）』

兄の少し古びた文章にクスッと笑いが込み上がった。


放課後。

凛《りん》は部活には入っておらず、帰宅する。

友人達は全員が部活に入っているので帰りはいつも一人だ。

学校を出て歩いていると、前を歩いている男子生徒二人の話し声が聞こえてきた。

「なあ、三組の鈴木《すずき》さんっているじゃん？」

「あの美少女の？」

「そうそう」

恵蘭《えらん》中学校で「三組の美少女の鈴木《すずき》」と言えば凛《りん》を指すのは、友人を通じて教えてもらった。

自分の話をしているんだと思い、少し気まずくなった。

しかし――続けて聞こえた言葉は、凛《りん》が最も聞きたくない言葉だった。

「あんな美少女なのによ。兄がいて『レベル0』らしいぜ」

「あはは！　聞いたことある。うちの兄ちゃんが同じクラスだったらしいけど、めちゃくちゃ根暗で、何もできない無能だったってな」

「そうそう。同じ血が流れてるとは思えないよな」

「もしかして腹違いとか種違いとか……？」

「可能性は――――」

好き勝手に話している二人の前に走って行った凛《りん》は、二人の前に立つ。

「あの！」

「うわ!?　す、鈴木《すずき》さんだ……」

「……私とお兄ちゃんは紛れもない兄妹《きょうだい》です。それと……お兄ちゃんは無能なんかじゃありません。失礼します」

凛《りん》は心底怒りを覚えながら速足で帰路についた。

友人達から最近にやけていることをよく聞かれたり、昼食時間にあまりスマートフォンを見ない理由はこれにある。

友人でさえもが何故《なぜ》か兄のこととなると顔をしかめる。

兄から友人関係は大事にして欲しいと言われており、期待を裏切りたくない凛《りん》は、兄を嫌ってる人でさえも仲良くしようとしてきた。

それでも、こうして無能呼ばわりしたり、実の兄妹《きょうだい》じゃないなどと言われれば腹が立つ。

ムッとしたまま帰宅した凛《りん》は、誰もいないリビングのソファに飛び込んだ。

そのとき、一通のメッセージが届いた。

「ひぃ姉……？」

『凛《りん》ちゃんへ。日向《ひなた》くんと藤井《ふじい》くんが笑っているところです』

もう一人、兄の仲間の神威《かむい》ひなたからのメッセージ。そして、一枚の写真が送られてきた。

そこには――恵蘭《えらん》町では見ることができない、兄と兄の友人が楽しそうに話しながら歩いているところの写真だった。

『ひぃ姉……！　ありがとう～！』

怒っていたはずの凛《りん》だったが、いつもの可愛《かわい》らしい笑顔を浮かべた妹に戻っていた。

あとがき

『レベル0の無能探索者と蔑まれても実は世界最強です』一巻に続き、二巻も手に取っていただき本当にありがとうございます。

こうして続刊が出せたのも、まだ一巻しか出ていないにもかかわらず、応援してくださった読者の皆様のおかげです。

レベル0の制作に当たり、一巻はWEB版をベースにしたのですが、二巻は一新させたい気持ちがあり、担当編集様達にいろいろ相談することになりました。

最初はそう上手《うま》くはいきませんでしたが、担当編集のお二人のおかげで自分が書きたかった二巻になれたと思います。

この場をお借りして、担当編集の森《もり》様と八木《やぎ》様、校閲を担当してくださった皆様にもお礼を伝えさせてください。ありがとうございました！

レベル0ですが、小説以外にもコミカライズ企画が順調に進行しており、担当漫画家先生から頂いたネームはどれも面白くて、きっと小説を楽しんで頂いた方々にも楽しめるものになると思います。

ぜひコミカライズも応援して頂けたら嬉《うれ》しいです。

さて、内容にも少し触れておきたいのですが、日向《ひなた》くんがヒュウガという二面性を持ち、登場人物達と交わるようになったのですが、ヒュウガが付けている仮面は特殊な力で認識妨害を起こして、彼が日向《ひなた》くんだと思えないようにできております（これは一巻でもすでに出ている情報ですが）。果たしてひなちゃんや詩乃《しの》ちゃん、凛《りん》ちゃんに出会ったらどうなるのか、原作者である御峰《おみね》。も非常に気になるところです。

もしかしたら次巻……はたまたその次……いつになるかはわかりませんが、彼らがどういう表情を見せてくれるのか、とても楽しみです。

といった感じで実はといいますか、私自身は小説を書いているときに、一種のトランス状態に入り、無我夢中になって書いてしまいます。なので先の展開だったり、ストーリーだったりは決まっていなくて、書き進めてようやく形になっていきます。

今回も担当編集のお二人がいなければ、また纏《まと》まりのないストーリーになってしまったんだなと、少し反省をしているところです。

それくらい作品を完成させるのは一人じゃないんだと、それがまた自分にとってとても嬉《うれ》しいことで、こうして素晴らしいチームと一緒に本を作ることができて、とても幸せです。

まだまだ始まったばかりのレベル0ですが、これからも皆様に長く楽しんでもらうために頑張っていきますので、コミカライズ共々、応援して頂けたら幸いです。

◉御峰。著作リスト

「レベル0の無能探索者と蔑まれても実は世界最強です
〜探索ランキング1位は謎の人〜」（電撃文庫）
「レベル0の無能探索者と蔑まれても実は世界最強です2
〜探索ランキング1位は謎の人〜」（同）
「底辺探索者は最強ブラックスライムで配信がバズりました！
〜ガチャスキルで当てたのは怠惰な人気者〜」（ダッシュエックス文庫）
「便利すぎるチュートリアルスキルで異世界ぽよんぽよん生活」（アルファポリス）
「便利すぎるチュートリアルスキルで異世界ぽよんぽよん生活2」（同）
「超辺境貴族の四男に転生したので、最強スライムたちと好きに生きます！
〜レベル0なのになぜかスキルを獲得していずれ無双する!?〜」（グラストNOVELS）

本書に対するご意見、ご感想をお寄せください。

ファンレターあて先
〒 102-8177　東京都千代田区富士見 2-13-3
電撃文庫編集部
「御峰。先生」係
「竹花ノート先生」係

本書は、カクヨムに掲載された『レベル0の無能探索者と蔑まれても実は世界最強です～探索ランキング1位は謎の人』を加筆、修正したものです。

電撃文庫

レベル0の無能探索者《むのうたんさくしゃ》と蔑《さげす》まれても実《じつ》は世界最強《せかいさいきょう》です2

～探索《たんさく》ランキング1位《い》は謎《なぞ》の人《ひと》～

御峰《おみね》。

2024年6月10日　初版発行

発行者　山下直久
発行　株式会社KADOKAWA
〒102-8177　東京都千代田区富士見2-13-3
0570-002-301（ナビダイヤル）
装丁者　荻窪裕司（META＋MANIERA）
印刷　株式会社暁印刷
製本　株式会社暁印刷

●お問い合わせ
https://www.kadokawa.co.jp/（「お問い合わせ」へお進みください）
※内容によっては、お答えできない場合があります。
※サポートは日本国内のみとさせていただきます。
※ Japanese text only

※定価はカバーに表示してあります。

ISBN978-4-04-915650-8　C0193　Printed in Japan

電撃文庫　https://dengekibunko.jp/